AF217270

Dieses kleine Märchen ist allen Mahnern und einsamen Rufern gewidmet, denen das Wohlergehen unserer Gesellschaft am Herzen liegt. Jeder kritische Geist ist einsam und gehört zu einer Minderheit. Die Minderheit von heute kann jedoch die Mehrheit von morgen sein.

Dieses Buch ist auch meiner Frau Marlene gewidmet für ihre kritischen und klugen Ratschläge, die mich in meinem Leben begleitet und die mir stets eine gute Ratgeberin ist.

Bonn, im April 2020

Michael Ghanem

„Die Gedanken sind frei"

Der Teich
des Teufels

ein Märchen

© 2020 Michael Ghanem

Verlag und Druck:

tredition GmbH, Halenreie 40-44, 22359 Hamburg

ISBN

978-3-347-06465-2 (Paperback)

978-3-347-06466-9 (Hardcover)

978-3-347-06467-6 (e-Book)

Michael Ghanem

https://michael-ghanem.de/

Jahrgang 1949, Studium zum Wirtschaftsingenieur, Studium der Volkswirtschaft, Soziologie, Politikwissenschaft, Philosophie und Ethik, arbeitete viele Jahre bei einer internationalen Organisation, davon fünf Jahre weltweit in Wasserprojekten, sowie einer europäischen Organisation und in mehreren internationalen Beratungsunternehmen.

Bonn, im Januar 2020

Er ist Autor von mehreren Werken, u.a.

*„Ich denke oft.... an die Rue du Docteur Gustave Rioblanc –
Versunkene Insel der Toleranz"*
„Ansätze zu einer Antifragilitäts-Ökonomie"
*„2005-2018 Deutschlands verlorene 13 Jahre Teil 1: Angela Merkel
– Eine Zwischenbilanz"*
*„2005-2018 Deutschlands verlorene 13 Jahre Teil 2: Politisches
System – Quo vadis?"*
*„2005-2018 Deutschlands verlorene 13 Jahre Teil 3: Gesellschaft -
Bilanz und Ausblick*
*„2005-2018 Deutschlands verlorene 13 Jahre Teil 4: Deutsche
Wirtschaft- Quo vadis?"*
*„2005-2018 Deutschlands verlorene 13 Jahre Teil 5: Innere
Sicherheit- Quo vadis?"*
*„2005-2018 Deutschlands verlorene 13 Jahre Teil 6: Justiz- Quo
vadis?"*
*„2005-2018 Deutschlands verlorene 13 Jahre Teil 7: Gesundheit-
Quo vadis? Band A, B und C"*
*„2005-2018 Deutschlands verlorene 13 Jahre Teil 8: Armut, Alter,
Pflege - Quo vadis?"*
*„2005-2018 Deutschlands verlorene 13 Jahre Teil 9: Bauen und
Vermieten in Deutschland - Nein danke"*
*„2005-2018 Deutschlands verlorene 13 Jahre Teil 10: Bildung in
Deutschland"*
*„2005-2018 Deutschlands verlorene 13 Jahre Teil 11: Der
Niedergang der Medien"*
*„2005-2018 Deutschlands verlorene 13 Jahre Teil 12: Literatur –
Quo vadis - Teil A"*
*„2005-2018 Deutschlands verlorene 13 Jahre Teil 13:
Entwicklungspolitik – Quo vadis - Teil A"*
„Eine Chance für die Demokratie"
„Deutsche Identität – Quo vadis?
„Sprüche und Weisheiten"
„Nichtwähler sind auch Wähler"
„AKK – Nein Danke!"
„Afrika zwischen Fluch und Segen Teil 1: Wasser"
„Deutschlands Titanic – Die Berliner Republik"
„Ein kleiner Fürst und eine kleine blaue Sirene"

„21 Tage in einer Klinik voller Narren"
„Im Würgegriff von Bevölkerungsbombe, Armut, Ernährung Teil 1"
„Im Würgegriff von Rassismus, Antisemitismus, Islamophobie,
Rechtsradikalismus, Faschismus, Teil 1"
„Im Würgegriff der politischen Parteien, Teil 1"
„Die Macht des Wortes"
"Im Würgegriff des Finanzsektors, Teil 1"
"Im Würgegriff von Migration und Integration"
„Weltmacht Wasser, Teil 1"
„Herr vergib ihnen nicht! Denn sie wissen was sie tun!"
„Verfallssymptome Deutschlands – Müssen wir uns das gefallen
lassen?"
„Deutsche identität und Heimat – Quo vadis?
„I know we can! Eine Chance für Deutschland"
„Im Würgegriff der Staatsverschuldung, Teil 1 und Teil 2"
„50 Jahre Leben in Deutschland – Ein Irrtum? Ein Schicksal"
„Eine Straße ohne Seele"
„Ist Deutschland auf Sand gebaut?"
„Leonidas der Große – Ich bin ein Mensch"
„Vier Millionen entrechtete Deutsche"

Inhaltsverzeichnis

1. Vorwort.. 13

2. Der Wald... 14

3. Der Platz der Rituale.. 16

4. Märchen und Mythen.. 18

5. Der Teich des Teufels... 24

6. Wilhelm der Bauer... 26

7. Jakob der Holzfäller... 28

8. Roland der Edelmann... 30

9. Genevieve die Edeldame... 32

10. Spannungen beim Fürstenpaar................................ 33

11. Die Druiden.. 34

12. Die Rattenplage... 36

13. Die Pest... 38

14. Die Bekämpfung der Pest...................................... 40

15. Die Hungersnot... 42

16. Der Teufel.. 44

17. Der Pakt mit dem Teufel....................................... 46

18. Raoul und Lucrezia.. 50

19. Die Hochzeit von Raoul und Lucretia...................... 52

20. Der Verrat durch Raoul und Lucretia...................... 53

21. Die Entmachtung von Roland dem Edelmann............ 56

22. Die Verbannung von Roland dem Edelmann.............. 59

21. Die Verbannung von Jakob dem Holzfäller............... 61

22. Die Verbannung von Wilhelm dem Schmied.............. 62

23. Die Verbannung von Abraham dem Gerechten........... 63

24. Die Verbannung der Druiden.................................. 65

25. Der Verkauf der Seelen 67

26. Die Ernennung der Vertreter des Teufels 70

27. Die Umverteilung der Macht 71

28. Alles kostet etwas - oder das Verbot der Menschlichkeit 73

29. Wasser und Trinkwasser teurer als Gold 75

30. Die Ernte im Überfluss 77

31. Die totale Freiheit 78

32. Die Goldvermehrung 79

33. Das ewige Leben 80

34. Das Drama des ewigen Schwurs 82

35. Die Verewigung einer unglücklichen Liebe 85

36. Der Kampf eines Engels mit dem Teufel am Teich des Teufels 91

37. Neue Plagen im Fürstentum 93

38. Der Aufstand 97

39. Der Niedergang des Fürstentums 99

40. Das Ende von Raoul und Lucretia 101

41. Die ewige Strafe 103

42. Die Rückkehr des alten Fürsten 104

43. Aus zwei Fürstentümern wird ein großes Fürstentum - neue Hoffnung 106

44. Vom Teich des Teufels zum Teich der Hoffnung 108

45. Epilog 109

1. Vorwort

Der Autor hat sich bei dieser Geschichte von Märchen inspirieren lassen, die ihm aus seiner Kindheit bekannt sind. Mit solchen Märchen wurden in vergangenen Zeiten die Kinder der Könige und der Elite erzogen, sie sollten dadurch ein ethisches Denken und Handeln erlernen und anstreben.

Märchen haben stets eine moralische Aussage, auch wenn dies heute bei einem großen Teil der Bevölkerung als überholt gilt. Insbesondere in Zeiten von Corona und sonstigen Epidemien zeigen sich letztendlich die Schwächen des Menschen und das Absurde in seinem Handeln. Insbesondere die neoliberale Wirtschaftspolitik der letzten Jahre, die Verlagerung eines großen Teils der Produktion und die Abhängigkeit des größten Teils der Welt von ein bis zwei Ländern macht deutlich, wie hoch der Preis der kurzfristigen Gier nach Macht und Reichtum für die Menschheit darstellt. Es ist daher Zeit, alles zu überdenken und sich an manche Märchen und Geschichten zu erinnern.

Der Autor will weder als Moralist noch als Besserwisser dastehen; er versucht lediglich, mit diesem kleinen Märchen uns allen inklusive sich selbst den Spiegel vorzuhalten - in der Hoffnung, dass wir alle zu dem Wesentlichen im Leben zurückkehren.

2. Der Wald

Es gab einmal im Mittelalter im Zentrum von Frankreich, nicht weit weg von der Stadt Orléans, einen undurchsichtigen sehr großen Wald, um denen sich sehr viele Sagen und Märchen gerankt haben. Dieser Wald war so dicht mit großen Bäumen wie Eschen und Buchen und mit riesigen Farnen bewachsen, dass er für jedermann Wald als furchterregend erschien und selbst Soldaten es nur in größeren Gruppen wagten, durch den Wald zu marschieren. Zudem gab es in dem Wald auch viele Banden von Dieben und Mördern, die sich den Wald aufgeteilt haben und auf Beute gingen.

Dieser Wald war so groß, dass für manchen Druiden hier die ideale Stelle für seine Rituale war. Hier war auch der Platz, um den Göttern zu opfern. Dieser Platz lag auf einer Lichtung an einem sehr großen Teich.

Der Wald wurde von Erzählern und Minnesängern in ihren Versen und Gesängen der gesamten Bevölkerung und besonders den edlen Damen besungen. Dadurch hatte dieser Wald einen Ruf über die Grenzen des Königreichs hinweg. Der Wald war so geschaffen, dass es nur vier Möglichkeiten gab hinein zu gelangen zu betreten und vier Möglichkeiten, wieder heraus zu kommen. Es gab es keine Wege, noch nicht einmal Trampelpfade, sodass man sich sehr schnell im Wald verlieren konnte. Im Wald war es sehr dunkel, da er sehr dicht war.

Nur bei den wenigen Lichtungen kamen die Sonne und die Helligkeit durch. Daher suchten Soldaten und Reisende ihr Heil immer bei den Lichtungen zu finden, wenn sie übernachten mussten. Im Wald gab es auch einen sehr alten großen Gasthof, der häufig von den Banditen und auch von den Opfern dieser Banditen besucht wurde, die dort Schutz suchten.

3. Der Platz der Rituale

Mitten im Wald lag ein sehr großer Platz, auf dem die Druiden sehr oft Tiere und angeblich auch Menschen opferten. In der Mitte dieses großen Platzes stand ein spärlich überdecktes Gebäude, das nach allen Richtungen offen war und lediglich ein Dach und eine Feuerstelle hatte. Neben der Feuerstelle stand ein Opferstein, der ungefähr zwei Mal einen Meter groß war.

Nördlich der Feuerstelle standen drei Statuen mit den Gesichtern von Göttern. Dies war nämlich auch eine der Stellen, wo die Druiden zu ihren Göttern beteten. Um den Platz herum standen ein paar Steine und Böschungen, die etwas Schutz boten, sodass Reisende notfalls im Schutz dieser Böschungen die Nacht verbrachten.

Nicht weit weg von dem Platz der Rituale lief ein Bach mit glasklarem Wasser, das aus einer fernen Quelle entsprang. Das Wasser war so gut, dass viele der Druiden und der Reisenden es als Heilwasser mitnahmen. Manche der Reisenden haben sich sogar mit diesem Wasser den Kopf gewaschen im Glauben, dass es sie von bösen Gedanken befreien würde.

Um diesen Platz rankten sich sehr viele Märchen und Mythen und jeder, der daran vorbeikam, hatte größten Respekt vor dieser Stelle. Selbstverständlich gingen die Menschen an diesem Platz nicht vorbei, ohne eine Gabe zu hinterlassen.

Was die Reisenden nicht wussten war, dass die Banditen, die im Wald wohnten, sich an den Gaben bedient haben, um ihren Hunger zu mindern.

Und dann gab es noch die Mythen von den Feen, die den Reisenden hin und wieder am Teich und auf der Lichtung erschienen und ihnen bis zu drei Wünsche erfüllen konnten.

4. Märchen und Mythen

Es heißt, dass es in früheren Zeiten um den Teich herum eine sehr große Stadt gab, die voller Leben war. Diese Stadt war so groß, dass man einen ganzen Tag brauchte, um sie zu durchqueren. In der Stadt lebte ein sehr weiser König, der jedoch mit einer leichtfertigen Königin verheiratet war. Vor allem war sein Sohn sehr aufbrausend und arrogant. Diese Stadt war sehr wohlhabend, denn sowohl Handwerk, Bauwesen, Wissenschaft und Lehre waren sehr hoch entwickelt. Es kamen viele weise Menschen in die Stadt, aber auch viele Menschen, die sehr reich geworden waren, indem sie andere Städte und Dörfer unterjocht und geplündert haben.

In dieser Stadt gab es eine Trennung zwischen einer bevorzugten Schicht und einer arbeitenden Schicht. Die bevorzugte Schicht hatte mehrere Sklaven, die ihr dienten und alle möglichen Wünsche erfüllten. Die Oberschicht verbrachte ihre Tage mit Feiern, Saufgelagen und Orgien. Denn sie war der Meinung, dass sie zu einer höheren Rasse gehörte. Zu der Oberschicht gehörten auch einige sehr pfiffige und verschlagene Händler, die in erheblichem Maße dazu beigetragen haben, dass die Produkte der Stadt zu überhöhten Preisen an benachbarte Städte und Gemeinden verkauft wurden. Die Menschen der Oberschicht konnten sich alle Annehmlichkeiten des Lebens leisten. Aber der größte Teil von ihnen hatte einen schlechten Charakter, denn sie waren verlogen, verschlagen, herrisch, intolerant gegen anderen Menschen, die in die Stadt kamen, und unerbittlich gegenüber der unteren Gesellschaftsschicht, d.h. den arbeitenden Menschen in der Stadt.

Wissen und Medizin waren auf einem sehr hohen Niveau, so dass jede Krankheit erfolgreich bekämpft werden konnte. In dieser Stadt konnte man alles kaufen und verkaufen, auch die Teiche und angeblich sogar das ewige Leben.

Man konnte jedoch nicht die Tugend kaufen, man konnte nicht die Glaubwürdigkeit kaufen, man konnte nicht die Mitmenschlichkeit kaufen, man konnte die Toleranz nicht kaufen. Man konnte auch die Weisheit nicht kaufen.

Die Bevölkerungsschichten waren in der Stadt durch eine unsichtbare Grenze geteilt: In der Oberstadt wohnten die Reichen und die Oberschicht mit ihren Waffen und Soldaten und in der Unterstadt wohnten die Menschen der Unterschicht, die tagtäglich und von Sonnenaufgang bis Sonnenuntergang schufteten und die kein Recht auf Feiern hatten und die vor allem nicht ohne die Begleitung eines Mitglieds der Oberschicht in die Oberstadt kommen durften.

An der Grenze zwischen diesen beiden Schichten wohnten einige weise Menschen, die auch den Respekt der Oberschicht genossen. Diese Weisen mahnten tagtäglich die Oberschicht zu mehr Menschlichkeit, zu mehr Ehrlichkeit, zur Teilung ihres Vermögens und Reichtums mit der Unterschicht - umsonst. Sie mahnten die Oberschicht, dass irgendwann eine schlimme Seuche über die Stadt kommen würde, wenn das nicht getan würde und wenn nicht endlich die Unterstadt von Armut befreit würde.

Es war an einem 1. Januar und Felix war in der Stadt unterwegs. Er war einer der Weisen und hatte eine sehr große Familie. Er war stets gegen jedermann gerecht und hatte immer das wenige, was seine Erde hergab, mit Ärmeren geteilt. Er hatte nur eine Kutte für Sommer und Winter und ging ohne Schuhe, denn er hatte seine Schuhe ärmeren alten Menschen geschenkt. Er war stets höflich und hat jedermann respektiert und die wenige freie Zeit hat er dafür geopfert, ärmeren Menschen zu helfen und wenn es nur mit Worten war.

An diesem 1. Januar ging Felix spätabends aus der Unterstadt zu sich nach Hause. Plötzlich wurde er müde und an einer Kreuzung mit einem großen Stein hat er sich ein paar Minuten aufgehalten und etwas Wasser getrunken. Und plötzlich erschien ihm ein sehr helles Licht und er hörte Stimmen, die ihm befohlen, mit seiner Familie und einem Teil der Unterschicht diese Stadt zu verlassen. Und dass er lediglich sieben Tage Zeit dafür hatte. Felix sagte darauf, dass er alt wäre und müde, und ob nicht jemand anderes diesen Befehl umsetzen könnte. Ihm wurde jedoch keine Antwort gegeben.

Angekommen zu Hause war Felix aufgewühlt, strahlte jedoch gegenüber seiner Familie eine große Ruhe und

Gelassenheit aus. Er sah plötzlich anders aus, als ob von seinem Antlitz Licht ausstrahlte. Er suchte seinen besten Gehstock und machte sich auf den Weg zur Unterstadt. Der Weg war in ein ungewohntes Licht getaucht. Angekommen in der Unterstadt rief er die Menschen zu sich und kündigte an, dass er einen Teil von ihnen mitnehmen würde, um außerhalb der Stadt zu leben.

Ein Teil der Menschen der Unterstadt glaubte Felix sofort, der andere Teil der Unterstadt hielt ihn für verrückt und wahnsinnig und meinten, man könnte nicht eine gesicherte Existenz aufs Spiel setzen, um irgendeinem Verrückten zu folgen.

Am dritten Tag machte sich ein großer Tross der Bevölkerung aus der Unterstadt auf den Weg, um über die Oberstadt aus der Stadt zu gelangen und Felix ging als Führer voran. Als die Privilegierten diesen Tross sahen, begannen sie zu lachen und sich über diesen alten Herrn zu amüsieren, der diesem Tross voranging. In diesem Tross war auch die Familie von Felix mit ihrem Vieh.

Als sie außerhalb der Stadt ankamen, ging plötzlich über der Stadt ein Schwarm von Mücken herunter und diese stachen sehr viele der Bürger. Und plötzlich fing die Oberschicht laut zu lamentieren und zu schreien an, sie versuchten sich in den Häusern zu verstecken. Es gab aber kein Versteck, denn die Mücken kamen überall hinein. Sie wollten mit sich mit Wasser waschen, aber das Wasser war voll von Mücken. Sie wollten sich saubere Kleidung anziehen, aber ihre Bekleidung war auch voller Mücken.

Am zweiten Tag zeigten sich bei den Menschen, die gestochen worden waren, vereiterte Beulen und die Menschen hatten plötzlich Angst. Sie riefen ihre Oberen und ihre religiösen Führer zusammen und jeder davon versuchte, ihnen eine Lösung anzubieten. Die Kirchenmänner meinten, dass die Reichen den Göttern mehr Opfer bringen sollten. Die kritischen Kirchenmänner meinten, dass sie Buße tun müssten. Die Dritten meinten, dass sie ihren Sklaven die Freiheit geben sollten.

Bei diesem Durcheinander fingen immer mehr Menschen an zu sterben. Zuerst starben die älteren Menschen, dann auch die Kinder und jungen Menschen und diejenigen die nicht krank waren, wurden aufsässig.

Am vierten Tag der Plage fingen immer mehr Menschen an, ihre Geschäfte zu vernachlässigen und versuchten irgendwie der Plage Herr zu werden. Die großen Weisen und die großen Wissenschaftler mahnten zur Geduld, aber die Bevölkerung konnte keine Geduld aufbringen und sie versuchten, durch Feiern und Saufgelage der Plage Herr zu werden.

Am sechsten Tag der Plage fanden einige Wissenschaftler eine Lösung, um diese Plage von Mücken loszuwerden, in dem sie Gift durch die Luft bliesen. Diese Gifte haben ihre Wirkung nicht verfehlt und ein Teil des Mückenschwarms starb.

Am achten Tag fingen aber immer mehr Menschen an krank zu werden, denn das Gift ist in die Nahrung und ins Wasser eingedrungen und dadurch erkrankten immer mehr Menschen. Zwei Wochen danach war die Oberschicht so dezimiert, dass sie nur noch paar wenige überlebt hatten.

Felix und seinem Tross, die sich außerhalb der Stadt befanden, war kein Leid zugefügt worden und kein einziger der Mückenschwärme, die ständig in Richtung der Stadt flogen, hatte Felix Tross angegriffen. Und so hat Felix für sich und seine Getreuen ein neues Dorf außerhalb der Stadt aufgebaut und Menschlichkeit, Toleranz, Gerechtigkeit wurden als Messlatte jedes Handelns festgelegt.

Die Stadt dagegen wurde nach und nach zu einem unbedeutenden verlassenen Ort und ging als die verfluchte Stadt in die Märchen der Menschheit ein.

5. Der Teich des Teufels

Der Teich war sehr groß, nach Meinung von Weisen betrug seine Fläche 10-15 Morgen Land. In der Mitte des Teiches lag eine kleine Insel mit einem kleinen Haus darauf.

Am Ostufer des Teiches waren sehr hohe Felsen, aus denen frisches Wasser in den Teich floss. Die Felsen waren so hoch, dass man kaum ihre Gipfel sah.

Am Westufer des Teiches war ein wunderschöner Strand mit einem Sand, der in der Sonne wie Gold funkelte.

Am Nordufer jedoch war das Wasser sehr trüb, sodass man voller Furcht floh. Am Südufer war das Wasser sehr klar und voller Fische und Fischer und Angler kamen jeden Tag dahin.

Es gab auch ein ungeschriebenes Gesetz, dass nämlich jeder, der an dem Teich vorbeikam, ein Goldstück ins Wasser werfen musste, damit er kein Unglück erleben würde.

In manchen Nächten, wenn Vollmond war, hörte man in der gesamten Umgebung des Ufers wunderschöne Musik, man sah jedoch nicht die Musiker, sodass manche glaubten, dass der Teich verzaubert wäre und dass an diesen Abenden Tote ihre Leiden besangen.

An manchen Tagen gab es am Teich schwere Stürme, sodass man Angst hatte und vom Teich floh. Am nächsten Tag zeigte sich der Teich jedoch wieder von seiner besten Seite. Und so erhielt in den vergangenen Zeiten der Teich den

Beinamen „Teich des Teufels". Am Südufer des Teiches lag ein wunderschönes Holzboot, das angeblich verflucht war, denn es sah immer wie neu aus, obwohl es laut den Märchenerzählern seit Jahrhunderten an der gleichen Stelle lag.

6. Wilhelm der Bauer

Außerhalb des Waldes und in westlicher Richtung lag ein großer Bauernhof mit sehr viel Land und Vieh, Ochsen, Schweinen, Hühnern, Gänsen, und sogar Schafen. Auf diesem Bauernhof wohnte Wilhelm der Bauer mit seiner Frau, Kindern, Mägden und Knechten. Er war groß und dick, trug einen Jägerhut, hatte kleine Augen und einen verschlagenen Blick, hatte dicke Falten auf der Stirn und im Gesicht und rauchte stets seine Pfeife. Er hatte eine raue Stimme und sprach sehr oft in einer groben Sprache.

Er war sehr geizig und verbrachte eine große Zeit des Tages mit der Kontrolle seiner Arbeiter und auch seiner Kinder, damit sie nur ja nichts verschwenden würden. Er war selbst so geizig, dass er die Scheiben vom Brot für jeden ganz genau abzählte und er war so geizig, dass es an fünf Tagen der Woche lediglich eine Tasse Brühe am Mittag und am Abend gegeben hat. Lediglich am Freitag gab es Fische, die er im Teich geangelt hatte, und am Sonntag einen Braten.

Er war in der gesamten Gegend für seine Wucherpreise und seine Kredite verschrien. Er duldete nicht, dass seine Arbeiter ab und zu mal krank waren und zwang selbst die kranken Menschen, auf seinen Feldern zu arbeiten. Demgegenüber war seine Frau ein herzensguter Mensch, die stets versuchte, die Härte ihres Mannes zu umzugehen, indem sie ab und zu den Landarbeitern half und ihrem Mann widersprach, was ihr stets Ärger zu Hause einbrachte.

Die Kinder selbst waren ihrem Vater hörig und wurden von ihm terrorisiert. Vor allem wenn sich der Bauer am Samstagabend betrank, war er fürchterlich und schlug seine Frau und seine Kinder so sehr, dass ihr Jammern von weitem zu hören war. Er glaubte, dass er selbst immun gegen jegliche Krankheit und immun gegen jegliche Furcht wäre.

Er hatte eine große graue Schatulle auf den Dachboden und war jeden Tag zu bestimmten Zeiten auf dem Dachboden verschwunden und dort zählte er immer wieder seine Golddukaten nach. Er war äußerst misstrauisch und hatte stets Angst, dass jemand seinen Schatz finden würde. Daher hatte er 33 Türen am Dachboden angebracht, sodass kein Mensch ohne Weiteres hineinkommen konnte. Jede dieser Türen hatte einen anderen Schlüssel, die er alle stets um den Hals trug.

Wilhelm der Bauer war mit Sicherheit in der gesamten Umgebung weder beliebt noch respektiert, er war eher gefürchtet. Manche sagten, er hätte seine Seele dem Teufel verkauft. Wilhelm der Bauer glaubte, dass er unsterblich sei und daher brauchte er die Golddukaten, damit er immer zu essen haben würde.

7. Jakob der Holzfäller

Jakob der Holzfäller war ein sehr großer Mann und sehr kräftig gebaut, manche sagten er hätte die Statur eines Giganten. Er hatte sehr große Hände und war sehr stark. Er war mutig und ohne Furcht, sodass er mit seinen Pferden und seiner großen Axt allein in den Wald zog. Er war ja um überleben zu können darauf angewiesen, immer sehr viel Holz zu fällen. Außerhalb des Waldes hatte Jakob der Holzfäller sich eine große Hütte gebaut, in der stets der Kamin angezündet war. Und neben der Hütte hatte er sich einen Brunnen gebaut, damit er nicht jedes Mal im Teich des Teufels Wasser holen brauchte.

Daneben hatte Jakob der Holzfäller einen großen Stall für seine vier Pferde, die er brauchte, um die großen Stämme zu ziehen. Er war immer großzügig und hat den Armen und den Witwen des angrenzenden Dorfes Holz geschenkt, damit sie Feuer machen konnten.

Er war das Gegenteil von Wilhelm dem Bauern und war sehr beliebt und respektiert. In der Freizeit hat er seine Äxte geschärft damit er die Bäume schneller fällen konnte. Er hat sich auch einen Holzschlitten gebaut, damit er im Winter Holz zum Dorf bringen konnte. Er war aber nicht sehr religiös, sodass die Priester des Dorfes ihm gegenüber eine sehr starke Abneigung pflegten. Sein Spruch war „Der Herr ist mit jedem und braucht keine Kirche". Angesprochen auf die zehn

Gebote hatte er immer den Spruch parat „Jeder muss sich am nächsten Tag im Spiegel für seine Taten verantworten".

Er war einer der schlimmsten Feinde von Wilhelm dem Bauern, mit dem er stets im Clinch war, weil er auf dem Weg zum Wald immer ein kleines Grundstück des Bauern überqueren musste und der verlangte jedes Mal Wegegeld.

Er war nicht besonders reich, aber auch nicht besonders arm, sodass er seine kleine Familie, seine Frau und seinen einzigen Sohn, gut ernähren könnte. Gegenüber dem Fürsten und anderen Herren war er unabhängig und hat seine Unabhängigkeit stets betont. In der Not war er jedoch stets am Mann, sodass er von dem Fürsten respektiert wurde.

Insbesondere genoss er bei den Edelmännern und Edeldamen einen tadellosen Ruf und man konnte sich auf seine Diskretion verlassen. Er war sehr intelligent, aber stets vornehm diskret. Er war auch nicht verschwenderisch, sodass er stets einen Teil seiner Erlöse gespart hat für schlechtere Zeiten und für den Winter, wo er nur mit Mühe Bäume fällen konnte.

8. Roland der Edelmann

Ein paar Wegstunden entfernt von Jakob dem Holzfäller begann das Reich des Edelmanns Roland. Er hatte ein richtiges Schloss mit vier Türmen und einem Wassergraben. Roland der Edelmann hatte auch Soldaten, ihre Anzahl war geschätzt auf 100 Mann, die auch im Schloss wohnten. Er selber war ein großgewachsener Nachkomme einer Rittersfamilie, die durch ihre Ergebenheit zum König geadelt worden war und ein Schloss mit großen Ländereien erhielt.

Roland der Edelmann konnte auf die Mithilfe von ca. 20 Pächtern zählen, die sein Land bewirtschafteten. Er sorgte für Ruhe und Ordnung in der gesamten Gegend inklusive des Teiches des Teufels. Er selber war nur wenige Male durch den Wald geritten und war noch nie an dem Teich des Teufels gewesen. Er verbot es auch seiner Familie und Untergebenen, den Teich zu besuchen oder aus dem Teich Fische zu angeln.

Für die Jagd hatte er Jagdpächter, die ihm das erlegte Wild ins Schloss brachten. Er verbrachte seine Zeit mit der militärischen Aufrüstung oder dem Umbau seines Schlosses, in dem auch große Feste stattfanden.

Er war sehr beliebt bei seinen Untertanen, denn er galt als sehr gerecht und gleichzeitig sehr menschlich. Er sorgte dafür, dass ein Lehrer seine Kinder und die Kinder seiner Untertanen unterrichtete, so dass diese kleine Gemeinschaft sogar das Lesen und Schreiben lernte. Er selber hatte erst als

Erwachsener das Lesen und Schreiben gelernt und hat stets seine Lehrer und Ratgeber bei sich im Schloss wohnen lassen.

In verschiedenen Bereichen war er abergläubisch und unterhielt einen Wahrsager, der ihm die Zukunft vorhersagte, was seine Frau Genevieve, die Edeldame, stets auf die Palme brachte, denn sie war nicht abergläubisch und sah in den Wahrsagern lediglich Parasiten.

Roland der Edelmann hatte auch einen Sohn und er versuchte diesen nach Kräften so zu erziehen, dass er der Rolle eines Fürsten würdig war. Er unterrichtete ihn vor allem in Waffenkunde und lehrte ihn Gerechtigkeit gegen jedermann auszuüben und vorausschauend zu wirtschaften, sodass die sieben mageren Jahre überstanden werden konnten.

Es zwang auch seinen Sohn an der Pflege und Reinigung des Schlosses mit zu arbeiten, damit er am eigenen Leib spürte, was Diener erleiden. Zu Turnieren ließ Roland der Edelmann seinen Sohn nicht ziehen, denn er hatte Angst um sein Leben. Roland der Edelmann ließ sich auch von den besten Waffenschmieden das Landes die besten Waffen bauen, um sicher zu sein, dass er bei Schlachten oder zur Verteidigung seines Schlosses stets die Oberhand behielt.

9. Genevieve die Edeldame

Genevieve die Edeldame war mittleren Alters, klug und gut ausgebildet, vorbereitet auf ihre Tätigkeit als Fürstin, sie beherrschte mehrere Sprachen in Wort und Schrift. Sie war groß gewachsen, hatte wunderschöne blonde Haar, die sehr lang waren und die Sonne reflektierten, so dass man meinte Gold zu sehen. Sie war gerecht und sie hat vor allem dem Fürsten einen Sohn geschenkt. Sie war selbstständig und hat selbstständige Entscheidungen als Schlossherrin und gegenüber den landwirtschaftlichen Pächtern getroffen. Sie war eine einfühlsame Herrin.

Sie war gegenüber ihrem Manne sehr diplomatisch und hat nicht sehr oft seine Entscheidungen infrage gestellt. Insoweit war sie für den Fürsten eine ideale Partnerin. Zugegeben, der Fürst hatte wegen ihr eine versprochene Verlobung nicht eingelöst. Was ihm wiederum sehr viele Probleme und Ärger mit der Familie der verlassenen Braut beschert hat. Am Anfang der Ehe hat sich die Fürstin sehr intensiv um viele Bereiche gekümmert, in denen der Fürst nicht gut aufgestellt war. Und sie hat in erheblichem Maße zur Sicherung des Schlosses und des Umfelds beigetragen, was der Fürst ihr nie vergessen hatte. Mit zunehmendem Alter muss jedoch festgestellt werden, dass die Fürstin sich nicht zu ihrem geistigen Vorteil entwickelt hat.

10. Spannungen beim Fürstenpaar

Mit zunehmendem Alter hatte sich das Verhalten der Fürstin sehr zu ihrem Nachteil entwickelt. Sie versuchte immer zu wissen, was der Fürst machen würde und warum. Sie wollte immer von ihm die Begründung seiner Entscheidungen und seiner Taten hören, was zu erheblichen Spannungen zwischen Fürst und Fürstin geführt hat. Insgeheim bereute der Fürst sich für sie entschieden zu haben, er konnte jedoch niemandem außer sich selbst dafür den Vorwurf machen.

Die Fürstin hat nicht verstanden, dass angesichts aufkommender Probleme der Fürst auf mehreren Seiten kämpfen musste, um das Schloss und seine Umgebung erhalten zu können. Sie hat nicht verstanden, dass der Fürst mit zunehmendem Alter geplagt war von Zweifeln an manchen seiner Entscheidungen und dadurch in erheblichem Maß beeinträchtigt war. Sie hat nicht verstanden, dass Entscheidungen, die der Fürst getroffen hatte, zur langfristigen Erhaltung des Fürstentums dienten und damit eine Absicherung für die Fürstin sein sollten. Indem sie stets Kritik äußerte und Begründungen vom Fürsten forderte, hat sie nicht verstanden, dass der Fürst dies als Misstrauen gegen seine Person empfand. Die Fürstin hat auch nicht verstanden, dass der Fürst in der Lage war, sie ohne Vorwarnungen zu verlassen.

11. Die Druiden

Die Druiden waren in diesem kleinen Fürstentum eine äußerst privilegierte Schicht, denn sie sie vermittelten zwischen den Menschen und den Göttern. Sie lebten in einer Gemeinschaft in einer Art von Kloster unter sehr hohen Bäumen wie Eichen und Linden, sie besaßen große Güter, die sie trefflich ernährten und außerdem konnten sie so wie der Fürst Abgaben im gesamten Fürstentum erheben.

Sie waren die wenigen, die ohne Waffen und ohne Furcht den Wald durchquerten. Sie waren die Meister der Feiern auf dem Platz der Rituale. Sie waren bei Geburten von kleinen Fürsten und Fürstinnen in der Fürstenfamilie und den Kindern in der Oberschicht immer anwesend. Sie waren diejenigen, die auch die Totenrituale vorbereiteten und bis zur Verbrennung der Leichen durchführten. Sie waren zuständig für Opfergaben, die Vorhersagen für Fürsten und die Oberschicht des Fürstentums. Sie selbst waren stets in ein weißes Gewand gekleidet und sprachen in einer anderen Sprache als die übliche Sprache des Fürsten und der Untertanen. Sie waren diejenigen, die sich mit Mathematik und Astronomie auskannten und in den Vollmondnächten draußen am Platz der Rituale versuchten, Vorzeichen zu deuten.

Von ihnen ging stets eine Würde aus und sie waren sehr respektiert von Groß und Klein, von Alt und Jung, Fürsten und Untertanen. Ihr Wort war Gesetz und hatte das gleiche

Gewicht wie das Wort des Fürsten. Und sie konnten auch Strafen über Untertanen des Fürstentums verhängen.

Bei Seuchen und Epidemien waren sie stets an der vordersten Front, um diese zu bekämpfen und sie waren auch zuständig für die Hygiene im gesamten Fürstentum. Durch ihre Macht konnten sie sehr viele Entscheidungen des Fürsten beeinflussen und den Ruf von Untertanen befördern oder niedermachen.

12. Die Rattenplage

An einem schönen sonnigen Tag im September wurden im kleinen Fürstentum Ratten gesichtet, die in den Straßen und um die Wasserquellen herumliefen. Noch nie wurden so viele Ratten gesehen wie an diesem Tag. Manche der Untertanen hatten so große Angst vor diesen Ratten, dass sie begannen, diese zu erschlagen. In der darauffolgenden Nacht war Vollmond und sehr viele Untertanen des Fürstentums hörten das Singen und Schreien von Eulen.

Am nächsten Tag waren in den Straßen noch mehr Ratten, die hin und her rannten und die auch die Untertanen und Kinder gebissen haben. Es wurden die Ärzte gerufen und die versuchten, mit allen möglichen Mitteln die Bisswunden zu heilen. Es wurden Bürgerwehren gegründet, um gegen die Ratten vorzugehen und erstaunlicherweise kamen immer mehr Ratten, je mehr getötet wurden.

Am nächsten Tag waren in dem ganzen Fürstentum in den Straßen und auch auf dem Schloss überall sehr viele kleine Ratten und auch sehr große Ratten, die sehr aggressiv waren und auf die Menschen losgingen. Und so waren die Bürgerwehren den ganzen Tag lang damit beschäftigt, Ratten zu erschlagen oder zu fangen.

Die Bürgerwehren und die Menschen waren verzweifelt, denn je mehr Ratten getötet wurden, desto mehr Ratten kamen. Und vor allem schrien sie und es war, als ob sie immer noch mehr Ratten herbeiriefen. Am nächsten Tag gab es eine Invasion von Ratten. Sie kamen aus allen Ecken, aus allen Straßen, aus allen Kellern, aus allen Häusern und vor allem gingen sie an die Wasserquellen und verdarben das gesamte Trinkwasser. Sodass sauberes Trinkwasser eine Mangelware war und zu Wucherpreisen verkauft worden ist. Ein großer Teil der Bevölkerung wich auf Wein aus, denn Wein war billiger als Wasser.

Es gab immer mehr Menschen, die krank waren und unfähig aufzustehen und im Bett lagen. Und plötzlich waren ihre Körper mit vielen Wunden bedeckt, die teilweise blutig und teilweise schwarz waren.

13. Die Pest

Am nächsten Tag hörte man plötzlich aus verschiedenen Hüten Schreien und Weinen. Ärzte und Druiden wurden herbeigeholt, weil eine Frau und ihre drei Kinder verstorben waren. Nach genauer Prüfung der Ärzte wurde festgestellt, dass sie von der schwarzen Pest befallen waren. Diese Nachricht wurde wie ein Lauffeuer durch alle Dörfer verbreitet. Gegen die schwarze Pest, meinte der Ober-Druide, gegen diese Krankheit gibt es keinerlei Medikamente, man kann nur die Sterbenden in Würde begleiten.

Und so wurden in allen Dörfern nach und nach große Teile der Familien von der schwarzen Pest dahingerafft. Es war schrecklich zu sehen, wie die Menschen vor Schmerzen schrien, nach Luft schnappten und nach einem Schluck Wasser riefen, obwohl das Wasser einen eigenartigen Geruch hatte. Die Pest war so schlimm, dass man dazu aufgerufen wurde, die Straßen zu meiden.

Die schwarze Pest war lautlos in das Fürstentum eingedrungen und im gesamten Reich wurde der Ruf des Fürstentums in erheblichem Maße beschädigt. Vor allem weil manche der eifrigen Druiden glaubten, dass dies eine Strafe des Himmels und der Götter wäre, da dieses kleine Fürstentum sich nicht zu vollständig an die konservativen Werte der Götter gehalten hat.

Im ganzen Fürstentum gab es keine einzige Familie, die keine Angehörigen verloren hatte.

Und so war das Funktionieren des kleinen Fürstentums in erheblichem Maß gestört, da viele von den Befallenen und den Toten entweder Handwerker waren oder Bauern.

14. Die Bekämpfung der Pest

Als die Druiden und die Ärzte festgestellt hatten, dass die schwarze Pest in große Teile des Fürstentums und in viele Dörfer eingedrungen war, wurde vom Fürsten angeordnet, dass ein paar Soldaten, ein paar Druiden und ein paar Ärzte zur Bekämpfung der Pest abkommandiert wurden. Sie trugen nicht ihre üblichen Gewänder, sondern sie waren in schwarz gekleidet, und durch ein Sonderkommando wurden Gräber ausgehoben, in denen die Toten alle übereinander gestapelt und verbrannt worden sind.

Die Totengräber wurden angewiesen, die Toten würdevoll zu begraben und sich anschließend gründlich zu reinigen. Sie erhielten gesonderte Wagen, die von gesonderten Pferden gezogen worden sind. Und sie wurden fürstlich belohnt, wenn sie das vernünftig gemacht hatten. Sie wurden teilweise durch die Druiden kontrolliert, was jedoch nicht verhindert hat, dass manche dieser Totengräber die Toten in der Nacht begraben haben, um Angst und Panik zu vermeiden.

Bei den Begräbnissen, die in der Nacht stattfanden, wurden sehr oft nicht die Vorgabe des Fürsten befolgt, denn die Totengräber wollten so viel Dukaten wie möglich erhalten und wenig arbeiten. Bei Begräbnissen in der Oberschicht waren stets Soldaten in voller Rüstung anwesend, um das Begräbnisse zu kontrollieren. Es gab aber niemanden, der hinter dem Sarg her gegangen ist, weil dies nach dem Aberglauben des Fürstentums Unglück bringen würde.

Am Ende der Pest hatten lediglich ein Drittel der ursprünglichen Bevölkerung überlebt und diese waren so geschwächt, dass sie kaum harte Arbeit durchführen konnten. Selbst unter den Soldaten des Fürsten wurde über die Hälfte durch die Pest hinweggerafft. Und auch unter den Druiden und den Ärzten wurde mindestens ein Drittel hinweggerafft. Häufig wurden jedoch die Toten auf einen großen Scheiterhaufen gebracht und verbrannt, sodass man das Feuer von weitem sehen und den Geruch von verbranntem Fleisch kilometerweit riechen konnte.

15. Die Hungersnot

Während der Pest waren sehr viele Bauern gestorben und viele Bauern hatten so geschwächt überlebt, dass sie kaum ihr Land bestellen konnten. Das Getreide blieb aus, das Gemüse blieb aus, die wenigen Schweine und Hühner konnte man nicht so ohne weiteres essen oder musste sie an den Fürsten abliefern. Ein Teil der Bevölkerung musste sich zu Wucherzinsen bei Geldverleihern verschulden. Und selbst das konnte nicht ausreichen, um das tägliche Brot und Gemüse auf dem Markt kaufen zu können. Ein großer Teil der Untertanen des Fürstentums litt an einer chronischen Hungersnot.

Erstaunlicherweise haben sich während dieser Zeit die großen Bauern immer mehr vergrößert, indem sie den kleinen Bauern ihr Land nur für etwas Nahrung abkauften. Darüber war der Fürst äußerst erzürnt, aber er konnte selbst nicht allzu viel machen, da die reichen Bauern dazu übergegangen waren, die Druiden zu bestechen. So versuchte der Fürst mit eigenen Mitteln nach Möglichkeit den Hunger zu mildern, sodass die Menschen wieder Mut gefasst haben und versuchten ihr karges Land wieder zu bearbeiten. Als die Erntezeit kam, musste festgestellt werden, dass die Ernte sehr karg war und nicht ausreichen würde, um die Untertanen und den Fürsten über den Winter zu bringen.

Und so begannen die Druiden und die Wahrsager, alles Mögliche zu versprechen unter der Voraussetzung, dass man ihnen ein gutes Leben ermöglichte. Diese Gaukler versuchten stets den höchsten Profit für sich selbst zu erzielen und gerade während dieser Zeit der Armut und Entbehrung war das keine schwierige Aufgabe.

Die Fischer fuhren wieder zum Teich des Teufels und versuchten mit mehr oder weniger Erfolg, so viele Fische wie möglich zu fangen und damit den Hunger in den Familien zu stillen. Und als ob der Teich des Teufels verzaubert wäre, waren kaum Fische vorhanden, sodass die Fischer selbst kaum Fische angeln konnten, um ihre Familien satt zu kriegen. So verbrachten viele Fischer die Nächte am Teich in der Hoffnung, dass durch den Mond mehr Fische in die Netze gingen. Diese Hoffnung wurde jedoch nie erfüllt. Sodass sich schon mancher Fischer der schwarzen Magie anvertraute.

Und der Hunger war so schlimm, dass in manchen Familien - ob reich oder arm - sogar Wurzeln von Bäumen gegessen wurden oder dass die Pferde geschlachtet worden sind. Der Hunger was so stark, dass sogar manche Familien das Mehl mit Erde gestreckt haben, damit die Kinder und die Alten satt wurden. Manche Familien haben lediglich Wurzeln in Wasser gekocht und dies als Suppe gegessen, denn es gab nichts. In mancher anderen Familie wurden sogar die Rinden der Bäume mit Wasser gekocht und gegessen, weil der Hunger zu groß war.

16. Der Teufel

An einem frühen Morgen sahen bei Sonnenaufgang einige Fischer, die am Ufer des Sees des Teufels übernachtet hatten, wie plötzlich das Boot, das seit Jahren unbenutzt am Ufer gelegen hatte, sich plötzlich zu der Insel hinbewegte. Das Boot schwebte über das Wasser, ohne dass jemand darinsaß.

Auf der anderen Seite öffnete sich plötzlich die Tür der Hütte auf und aus der Tür trat ein groß gewachsener Mann mit schwarzen nach hinten gekämmten Haaren, lächelnd und sehr gut gekleidet mit einem großen schwarzen Mantel und einem schwarzen Hut auf dem Kopf. Er hatte sehr schöne klare blaue Augen und auffallend rote Lippen.

Er stieg in das Boot und das Boot schwebte wieder zurück zum Ufer des Teichs. Dort stieg der Mann aus. Manche der Fischer in der Nähe des Mannes hatten plötzlich einen Schüttelfrost und ein sehr unangenehmes Gefühl überfiel sie.

Der Mann grüßte höflich und freundlich die Fischer mit einer klaren Stimme. Den anwesenden Fischern kam es vor, als ob die Stimme aus dem Jenseits kam. Die Stimme war jedoch melodisch, sodass manche glaubten sie wären im Jenseits, manche glaubten sogar, die Stimme käme aus dem Paradies.

Sie waren alle erstaunt und betrachteten den Fremden ganz genau. „Meine Herren" sagte der Fremde, „ich bin der gefallene Engel und wer mir folgt, der wird nichts missen. Ich kenne Eure Not und werde dafür Sorge tragen, dass es Euch an nichts mehr fehlen wird. Wenn Ihr mit mir einen Pakt schließen würdet".

Einer der Fischer traute sich und sagte, dass sie selber nichts bestimmen könnten, sondern und vor allem die Druiden. Der Fremde lächelte gütig und ging seines Weges.

17. Der Pakt mit dem Teufel

Der freundliche Herr ging mit festem Schritt zuerst auf den Weg zum Hof von Wilhelm dem Bauern. Der Hof war in einem erbärmlichen Zustand, denn die Hälfte der Tiere waren gestorben und mussten begraben werden, die Hälfte der Arbeiter war durch die Pest hinweggerafft. Die Ochsen waren abgemagert und es bedurfte sehr viel Arbeit zur Reparatur der Pflüge, damit der Boden und das Land wieder bearbeitet werden konnten. In der Scheune gab es kaum Heu für die Tiere, Saatgut war Mangelware und Wilhelm der Bauer saß auf einem Stein, den Kopf auf d Hände gestützt und jammerte über sein Schicksal.

Dabei hatte ihn das Schicksal zum Teil verschont, denn seine Frau und seine Kinder waren noch am Leben. Und zudem wurde er belagert von armen Menschen, die nichts zu essen hatten. Er hatte immer noch viel mehr als die anderen, da er hinterlistig war und stets insgeheim Vorsorge getroffen hatte, sodass es ihm objektiv an nichts mangelte. Zudem verkaufte er seine Ware zu überteuertem Preis.

Der freundliche Herr ging direkt auf Wilhelm den Bauern zu und setzte sich neben ihn. Er schwieg eine Weile und fragte dann mit einer festen Stimme den Bauern, ob er diesen Albtraum beenden wollte. Wilhelm der Bauer hob den Kopf und sah einen netten Herrn, vornehm gekleidet, der ihn mit einem Lächeln ansah. „Wer sind sie?" fragte Wilhelm der

Bauer den freundlichen Herrn. Daraufhin sagte der Herr „Ich bin derjenige, der ihnen alle ihre Sorgen nehmen könnte". „Was soll ich denn machen" fragte wieder der Bauer „und was wollen Sie dafür?" „Ich will nicht, dass sie etwas für mich machen" sagte der Herr „, sondern ich kaufe Ihnen Ihre Seele ab. Und dafür dürfen Sie auf ewig im Überfluss leben. Aber ich muss auch die Seele Ihrer Frau und die Seele Ihrer Kinder haben".

Wilhelm der Bauer erschrak und hatte plötzlich Angst, da er nicht wusste, mit wem er es zu tun hatte und dass er mit seiner ganzen List und Bauernschläue nicht bei demjenigen ankam. „Ich muss mir das Ganze eine Woche lang überlegen" sagte Wilhelm der Bauer in der Hoffnung, dass er in dieser einen Woche eine Lösung finden würde. Der freundliche Herr verabredet sich mit ihm für einen Tag in einer Woche.

Der freundliche Herr ging anschließend direkt zu dem Fürsten. Der Fürst saß in seinem Empfangssaal, niedergeschlagen und sorgenvoll angesichts der Entwicklung seines Fürstentums. Vor allem die hohe Anzahl der Verstorbenen und die hohe Anzahl von Waisenkindern bereiteten ihm sehr viele Sorgen. Und auch die Verschlechterung der Ernte und die Verschlechterung der Jagd im Wald und der Fischerei im Teich des Teufels bereiteten ihm reale Sorgen, der er wusste nicht, wie er seine Untertanen noch sattbekommen könnte. Und ein weiterer Punkt bereitete ihm sehr viel Sorgen, das war der

Wiederaufbau seiner Streitkräfte, denn er hatte fast ein Drittel seiner Soldaten durch die Pest verloren. Er hatte jedoch noch Glück, da seine Frau und sein Sohn noch am Leben waren, wenn auch geschwächt.

Der freundliche Herr ließ sich durch die Boten ankündigen und bat um Audienz. Der Fürst war erstaunt, gewährte ihm die Audienz mit äußerst gemischten Gefühlen, denn er befürchtete, dass er Probleme bekommen würde. „Wer sind Sie mein Herr?" fragte der Fürst den Fremden. "Ich bin der gefallene Engel" antwortete der Herr mit einem freundlichen Lächeln auf den Lippen. Der Fürst empfand einen Schüttelfrost und hatte eine unbestimmte Angst, denn er konnte den Fremden nicht einschätzen. War er ein Spion? War er jemand, der von den Göttern geschickt worden ist? War er ein Zauberer? „Was möchte Sie denn in diesem kleinen Fürstentum?" fragte Fürst den Fremden. Darauf sagte der freundliche Herr: „Fürst, Sie haben sehr viele Sorgen um die Zukunft ihres kleinen Fürstentums. Sie werden die Probleme für Ihr Fürstentum allein nicht lösen können, ich biete Ihnen meine Hilfe an".

Erstaunt und irritiert hob der Fürst seinen Kopf und fragte: „Warum wollen Sie das machen?" „Ich bin ein Geschäftsmann" sagt der Fremde „Ich werde Sie nicht umsonst unterstützen." Dies irritierte den Fürsten noch mehr und er fragte, was er machen sollte. Darauf nahm der Fremde Platz an dem großen Tisch und sagte: „Fürst, wenn sie Ihren Göttern abschwören würden, Ihre Druiden dazu bringen würden, mir zu huldigen, und mir Ihre Seele und die Ihrer Untertanen verkaufen würden, würde ich alle Ihre Sorgen beseitigen".

Der König bat um eine Kostprobe und Bedenkzeit von einem Monat. „Herr," sagte der Teufel, „wenn Sie eine Bedenkzeit und eine Kostprobe meines Versprechens wünschen, so soll Ihnen dies gewährt sein".

Am nächsten Morgen war plötzlich im ganzen Fürstentum hellste Sonne und die Felder begannen grün zu werden, die Ochsen und die Pferde hatten plötzlich sehr viel Kraft und arbeiteten um die Wette. Handwerker und Bauern fühlte sich plötzlich stark und begannen zu arbeiten, die Bäume fingen an zu knospen und zu blühen, die Fischer fingen plötzlich sehr viele Fische, sodass die Dörfer satt wurden. Die Obstbäume begannen auch Früchte zu tragen und es wurde kein Kranker mehr im gesamten Fürstentum gemeldet. Tagsüber war es lauwarm und sonnig und es hatte nur in der Nacht geregnet, als die Menschen schliefen. Langsam traten Normalität und eine Verbesserung der Lage der Bevölkerung, des Fürstentums, und des Fürsten selbst ein. Die Menschen waren plötzlich wirklich zufrieden.

18. Raoul und Lucrezia

Raoul war der Sohn des Fürsten Roland und seiner Frau Genevieve der Edeldame. Er war schmächtig geboren aber dank einer sehr guten Erziehung und Ertüchtigung durch seine Lehrer wuchs er zu einem prächtigen jungen Mann heran, der allerdings sehr aufbrausend war, sehr eigensinnig, sehr gierig, und sehr aggressiv. Er besaß zwar eine gewisse Bauernschläue, aber besonders intelligent war er nicht. Gegenüber seinem Vater und seiner Mutter und ihren Persönlichkeiten war er sehr in Nachteil und mit anderen Worten eine schwache Persönlichkeit. Er war auch sehr leicht zu manipulieren, was dem Fürsten und der Fürstin sehr viel Sorgen vorbereitete. Er war sehr oft auf Turnieren, hat aber meistens verloren, sodass er auch innerhalb der Soldaten den Ruf des Schwächlings hatte.

Es kam die Zeit für ihn eine Frau zu suchen und ihn langsam auf seine zukünftigen Aufgaben und Tätigkeiten vorzubereiten. Diese Aufgabe übernahmen verschiedene Weise und Gelehrte und zwar die besten im ganzen Fürstentum und darüber hinaus. Diese Gelehrten gaben sich die größte Mühe, jedoch sehr oft vergebens, weil der Schüler sehr wenig von den Lehrern annahm.

Als dann der Ball zur Auswahl der künftigen Ehefrau stattfand, betrat der Teufel in der Form eines Edelmanns den Ballsaal, um an der Feier teilzunehmen. Dem Teufel kamen *langsam Zweifel, ob der Fürst das vorgeschlagene Geschäft mit ihm abschließen würde. Unter allen Damen, die sich vorgestellt hatten, stach plötzlich eine hervor mit langen schwarzen Haaren, sehr gut gekleidet, mit Augen wie eine Katze, die sich eine Zeit lang den Fürsten ansah und sich nicht vorstellte.*

Kurz bevor der Fürst seine Auswahl der Ehefrau seines Sohnes treffen konnte, trat sie vor den Thron des Fürstenpaars und vor ihren Sohn und stellte sich als Lucretia die Kluge vor. Der Prinz empfand einen Schlag im Herzen und konnte von der jungen Dame nicht die Augen lassen. Er freute sich mit ihr zu tanzen und sie konnte so gut tanzen, als ob sie über dem Boden schwebte. Sie lächelte sehr charmant und wehrte die Avancen des Prinzen ab.

Auch die Fürstin war sehr angetan von der jungen Dame und sagte dem Fürsten, dass sie es sich gut vorstellen könnte, wenn Lucretia die Kluge die Ehefrau ihres Sohnes werden könnte. Der Fürst hatte jedoch bei der jungen Dame ein mulmiges Gefühl, das er nicht klar definieren konnte. Er empfand, dass sie eine Gefahr für seinen Sohn und für das Fürstentum wäre. Eine innere Stimme warnte ihn vor der jungen Dame, aber irgendwie und aufgrund der Empfehlungen der Fürstin ließ er sich überreden, kein Veto einzulegen.

Der Prinz bat nach paar Tagen Überlegung seinen Vater um die Erlaubnis, Lucretia heiraten zu dürfen.

19. Die Hochzeit von Raoul und Lucretia

Wochenlang wurde die Hochzeit vorbereitet, damit der einzige Sohn des Fürsten sich mit aller Ehre vermählen würde. Ob es die Pächter oder die Jäger waren, ob es die Handwerker, die Schmiede, die Goldschmiede oder die Schreiner waren, und auch die Druiden, alle waren in eine gespannte Erwartung gefallen und taten alles, um ihr Bestes zu geben. Die Hochzeitsfeier sollte drei Tage lang dauern und es wurden alle benachbarten Fürstenhäuser mit ihrem Tross eingeladen, sodass mehrere 100 Menschen zum Schloss kamen und sie alle mussten bewirtet werden. Wein und Bier flossen in Strömen. Die Fürsten haben zu diesem Anlass manche Verträge untereinander geschlossen und manche Allianzen geschmiedet, die Damen spazierten durch das Schloss.

Die Hochzeit wurde dann prunkvoll gefeiert und die Druiden ließen ausnahmsweise den Tross an ihren heiligen Platz kommen, um den Segen der Götter für das junge Paar anzurufen. Es wurde musiziert und getanzt im großen Saal des Schlosses. Zwischen den Gästen war abermals der Teufel in Gestalt des Gastes mit den schwarzen Haaren und dem schwarzen Gewand, der sich stets im Hintergrund hielt.

20. Der Verrat durch Raoul und Lucretia

Einige Monate danach, in denen sich Lucretia ganz genau damit beschäftigt hatte, wie sie selbst einmal Fürstin werden und sich die Reichtümer unter ihre Fittiche nehmen könnte, fing sie an zu grübeln, wie sie ihre Ziele schneller erreichen könnte. Eines Tages traf sie während ihres Spaziergangs einen sehr eleganten Herrn im schwarzen Anzug, der sie höflich grüßte und freundlich lächelte. Er fragte sie höflich, ob er sie ein Stück ihres Weges begleiten dürfte und so begann eine angeregte Diskussion über das Fürstentum und den Fürsten und die Fürstin.

Der Fremde stellte indirekte Fragen, um herauszuhören inwieweit Lucretia von Ehrgeiz besessen war. Nach ein paar Minuten Diskussion stellte der Fremde Lucretia seine Hilfe in Aussicht, damit sie ihre Pläne schneller realisieren könnte. Dafür müsste sie jedoch einen Preis bezahlen. Lucretia wurde neugierig und fragte nach dem Preis. Der Fremde sagte, dass sie lediglich nach ihrem Tod ihre Seele verkaufen sollte. Ohne lange zu überlegen stimmte sie der Vereinbarung zu. Daraufhin meinte der Fremde, sie müsste ihren Mann davon überzeugen, dass er die Voraussetzungen schaffen müsste, damit er und sie das Fürstentum in ihre Hände bekämen.

Als sie nach Hause zurückkam, begann Lucretia sich zu überlegen, wie sie Raoul dazu bringen würde, seinen Vater zu stürzen und an seiner Stelle Fürst zu werden. Für das

Abendessen hatte sie sich außerordentlich hübsch gemacht, mit sehr reizender Wäsche und bei Kerzenlicht versuchte sie ihren Mann zu verführen, was sie ihr auch gelang.

Und dann fiel sie plötzlich in eine Traurigkeit und die Traurigkeit dauerte tagelang, was Raoul nicht unbemerkt blieb. Er machte sich selbst starke Sorgen um den seelischen Zustand seiner Frau und fragte manchen Druiden, die jedoch hilflos waren. Er nahm sie mit auf einen Spazierritt durch den Wald und fragte ständig nach dem Grund ihrer Traurigkeit. „Der Grund meiner Traurigkeit", sagte Lucretia „ist, dass wir nicht auf absehbare Zeit Fürsten werden können und meine Kinder nicht Fürsten werden können".

Raoul verstand die Anspielung von Lucretia nicht und bat sie klar darüber zu reden. Lucretia fragte scheinheilig wie alt der Fürst und die Fürsten wären. Raoul sagte dazu „Ich glaube über 60 Jahre". Lucretia meinte dazu, dass man mit 60 Jahren kein Fürstentum mehr führen könne, da man gebrechlich sei und dass man Platz machen sollte für die jüngere Generation.

Sie traf mit diesem Punkt die Schwäche von Raoul, der auch außerordentlich ehrgeizig war. „Ich kann aber doch nicht meinen Vater töten", sagte er ihr. „Du sollst aber doch deinen Vater und deine Mutter nicht töten, sondern sie lediglich dazu bringen ins Altenteil zu gehen".

Die Idee schien für Raoul sehr verlockend, aber er wusste nicht, wie er dies bewerkstelligen sollte. „Du brauchst keine Angst haben" sagte Lucretia „Ich werde dir dabei helfen".

Am nächsten Tag unternahm Lucretia abermals einen kleinen Spaziergang und zu Ihrem Erstaunen stand der nette Herr, der ihr seine Hilfe angeboten hatte, schon am Weg und fragte sie, ob sie einen Plan hätte. „Ja" sagte sie „aber ich brauche Schlafpulver, das ich nicht habe". Der Herr sucht in seinen Taschen und gab ihr ein kleines Tütchen mit Schlafpulver.

21. Die Entmachtung von Roland dem Edelmann

Lucretia und Raoul planten eine sehr große Feier mit Essen, Getränken und Musik zu Ehren des Fürsten und der Fürstin. Die Feier sollte im Hof des Schlosses stattfinden. Lucretia suchte ausgewählte Troubadoure und Minnen aus, die ihre Lieder und Erzählungen darbringen sollten. Raoul versicherte sich der Hilfe von mehreren Adjutanten, die frustriert waren, weil sie keine höhere Karriere in der Armee des Fürsten gemacht hatten. Ein Teil dieser zweiten Reihe bei den Soldaten war dem Fürsten nur bedingt treu, denn ihr Sold war mickrig. Und die Unzufriedenheit über ihre Vorgesetzten, die in Saus und Braus lebten, war nicht zu übersehen.

Zudem hatte sich der Teufel an die Frauen dieser Soldaten herangemacht und sie dazu gebracht, erheblichen Druck auf ihre Männer hinsichtlich ihrer Karriere bei den Soldaten des Fürsten zu machen. Ein Hauptproblem lag in dem Torwächter an der Zugbrücke des Schlosses, die über einen Graben nach außen führte. Roland der Edelmann und seine Frau Genevieve erhielten eine sehr schöne Einladung, die durch Extraboten überbracht wurden. Roland der Edelmann, der seinen Sohn sehr gut kannte, wusste dass dieses eine mögliche Finte sein könnte und traute Lucretia durchaus eine Intrige zu. Daher wollte er eigentlich die Einladung ausschlagen, aber Genevieve die Edeldame überzeugte ihren Mann, doch dahin zu gehen, damit keinen Zwist zwischen dem Fürsten und Lucretia entstehen könnte.

Und so gingen sie zu dieser Feier und erhielten einen Ehrenplatz an der Stirn des Tisches. Man aß und trank und hörte die lieblichen Gedichte und den Gesang der Minnen und Troubadoure. Zu den Gästen gehörte auch ein Fremder, der sehr schön in schwarz gekleidet war und der sich unscheinbar verhielt. Das Trinkgelage dauerte sehr lange und plötzlich übermannten den Fürsten und die Fürstin ein sehr tiefer Schlaf. Lucretia ließ sie nicht aus den Augen und versuchte sich durch leichtes Schubsen zu vergewissern, dass die beiden sehr tief schliefen.

Sie gab Raoul ein Zeichen, der leise und behutsam an seine Eltern heranschlich und ihnen alle Waffen abnahm und sie ganz fest fesselte. Zu dieser Zeit kamen jedoch zwei der Soldaten und sahen Raouls schändliche Tat und es begann ein Kampf auf Leben und Tod. Der Fremde, der bis dahin nichts getan hatte, stach die beiden Männer mit einem Messer in den Rücken, sodass sie starben.

Auf einen Wink von Raoul kamen die Mitverschwörer und brachten den Fürsten und die Fürstin aus dem   Schloss bis zum Ufer des Teiches. Dort legten sie die beiden in das Boot des Teufels und das Boot schwebte wieder zu der kleinen Insel mit der kleinen Hütte. In der Hütte wurden sie gefangen gehalten.

Am nächsten Tag kamen Raoul und Lucretia den Fürsten und die Fürstin in der Hütte besuchen. Als der Fürst und der Fürstin die beiden sahen, wurden sie sehr zornig und der Fürst fragte seinen Sohn, was er getan hätte und ob er ihm das beigebracht hätte. Dann mischte sich Lucretia ein und stellte klar, dass ihr Mann nicht länger warten könnte, um Fürst zu werden. Und dass dem Fürsten und der Fürstin kein Haar gekrümmt würden, wenn sie in die Verbannung gingen.

Der Fürst und Fürstin verstanden, dass ihre Zeit vorbei war. Und der Fürst machte sich selbst die größten Vorwürfe, weil er überhaupt zugelassen hatte, dass eine dahergelaufene Frau seinen Sohn so verzaubern konnte.

22. Die Verbannung von Roland dem Edelmann

Der Fürst und die Fürstin bestanden jedoch darauf, dass sie Getreue mitnehmen dürften und sich außerhalb des Fürstentums niederlassen würden. In ihrer Dummheit und Freude darüber, dass sie ihr Ziel erreicht hatten, stimmten Lucretia und Raoul dieser Vereinbarung zu. Der Fürst und die Fürstin nahmen ihre Bücher, ihre Kleider, 20 Bedienstete, 15 Soldaten, einen Philosophen, einen Mathematiker und einen Troubadour mit und suchten sich einige Bewohner des Fürstentums aus, die treu zum Fürsten und seiner Frau standen und die nicht unter dem neuen Fürsten leben wollten und daher die Verbannung vorzogen.

Der Fürst und Fürstin baten den König um Audienz und sie beschrieben die Lage, die dieses Königreich betraf. Sie baten um Hilfe dabei, ein neues kleines Fürstentum an der Grenze zu ihrem ursprünglichen aufbauen zu dürfen. Nach mehreren Tagen Überlegung des Königs gewährte er ihnen diese Bitte mit der Vorgabe, keinen Krieg gegen ihr ursprüngliches Fürstentum zu führen. Damit waren der Fürst und die Fürstin nicht mehr verbannt und hatten ein kleines Fürstentum mit einem kleinen Schloss an der Grenze zu ihrem ursprünglichen Fürstentum.

Sie machten sich daran, ihren Getreuen Land zu verpachten und zu verteilen und eine kleine Armee aufzubauen. Der Fürst hatte genug Mittel, denn er hatte sehr viel Vermögen *unbemerkt von seinem Sohn und Lucretia mitgenommen, sodass er jederzeit flüssig war und mit sehr vielen Golddukaten seinen Verpflichtungen jederzeit nachkommen konnte.*

Da er die meisten der weisen Ratgeber und die meisten Ärzte mitgenommen hatte und auch die Verwalter war es ihm nicht schwer, sehr schnell ein neues Fürstentum aufzubauen. Er bat zudem Jakob den Holzfäller, Wilhelm den Schmied und Abraham den Gerechten zu ihm überzusiedeln. Zudem erwarb er einen kleinen Wald, der sehr dicht war und sehr viel Holz und Brennholz hatte.

Als Raoul und Lucretia erfuhren, dass der alte Fürst und Genevieve sehr schnell ein neues Fürstentum aufgebaut hatten, das sogar besser als das alte war, waren sie außer sich und konnte nicht verstehen, dass der alte Fürst bei seinem Abgang aus dem alten Fürstentum seinen Sohn übervorteilt hatte. Und so beschlossen Raoul und Lucrezia, jeden Freund oder früheren Freund des alten Fürsten ebenfalls in die Verbannung zu schicken.

21. Die Verbannung von Jakob dem Holzfäller

Raoul und Lucretia baten Jakob den Holzfäller zu sich und verlangten von ihm einen Schwur auf die ewige Treue zu ihnen. Verblüfft war Jakob der Holzfäller, dass sie das von ihm verlangten, denn sie wussten ganz genau, dass er den Treueschwur gegenüber seinem alten Fürsten nie brechen würde. Jakob der Holzfäller bat Raoul und Lucretia um ein paar Tage Bedenkzeit, was bei den beiden ein erhebliches Misstrauen hervorrief. Sie ließen Jakob den Holzfäller beschatten, was er jedoch bemerkt hatte und sie ließen ihn im Wald durch maskierte Anhänger überfallen und zusammenschlagen.

Nach einen paar Tagen der Überlegung ging Jakob der Holzfäller zu den beiden und sagte mit ganz fester Stimme, dass er diesen Schwur gegenüber Raoul und Lucretia nicht ablegen würde. Daraufhin sprachen Raoul und Lucretia einen Bann über Jakob den Holzfäller aus und befahlen ihm, das Fürstentum sofort zu verlassen, was Jakob der Holzfäller trotz erheblicher innerer Schmerzen tat. Er ging direkt zu dem neuen Fürstentum und diente seinem alten Fürsten.

22. Die Verbannung von Wilhelm dem Schmied

Wilhelm der Schmied war ein sehr wichtiger Untertan für das Fürstentum, denn er war zuständig für das Schmieden von Waffen seien es Lanzen oder Schwerter oder von Werkzeugen und Achsen. Und ihm waren die Fürsten und Könige besonders verpflichtet, denn das Bearbeiten des Eisens und das Beherrschen des Feuers verliehen ihm eine gewisse mystische Macht.

Daher baten Raoul und Lucretia Wilhelm den Schmied zu sich ins Schloss und verlangten von ihm einen Treueschwur auf ihre Personen, denn sie seien jetzt die neuen Fürsten.

Wilhelm der Schmied war ein gradliniger Mann, der von den Soldaten respektiert war, denn er war auch zuständig für ihre Pferde. Er lehnte ab, denn er fühlte sich noch an den alten Fürsten gebunden, vom dem er zudem vor ein paar Tagen eine Bitte zur Übersiedlung ins neue Fürstentum erhalten hatten.

Als Raoul und Lucretia diese Ablehnung hörten waren sie sehr erbost und verlangten die sofortige Verbannung von Wilhelm dem Schmied. Er ging sofort und hatte lediglich seine Werkzeuge auf einem Wagen mitgenommen und ging mit seinen Pferden, seinem Amboss und seiner Esse zu dem neuen Fürstentum des alten Fürsten. Auf dem Weg dahin versuchten Schurken von Raoul und Lucretia ihm das Leben zu nehmen, was ihnen nicht gelang.

23. Die Verbannung von Abraham dem Gerechten

Abraham der Gerechte war ebenfalls eine wichtige Säule des alten Fürstentums, denn er war Richter. Er war äußerst gerecht und war von den Druiden und allen religiösen Eliten sehr geachtet. Raoul und Lucretia brauchten einen Richter, der unter den neuen Vorgaben Recht sprechen sollte. Sie wollten ein neutrales Recht einführen, das letztendlich vom Teufel diktiert worden war, denn das neue Recht war die Idee von Lucretia, und die war dem Teufel hörig.

Abraham der Gerechte war ein älterer Herr mit einem langen weißen Bart und einem weißen Gewand, er ging mit einem Gehstock und musste nach ein paar Metern immer stehen bleiben, weil er Luftnot hatte.

Lucretia und Raoul baten auch Abraham den Gerechten, den Treueschwur gegenüber ihren Personen und ihren neuen Rechtsgrundlagen abzulegen. Abraham der Gerechte hörte ihren Ausführungen sehr aufmerksam zu und beschied ihre Bitte mit einem klaren Nein, denn er fühlte sich immer noch gegenüber dem alten Fürsten verpflichtet.

Tief verletzt schickten Raoul und Lucretia den alten Abraham in die Verbannung. Abraham der Gerechte hob seinen Kopf, lächelte gütig und machte sich auf den Weg hinaus aus dem Fürstentum.

An der Grenze zum neuen Fürstentum wollten Schurken von Lucretia ihn zusammenschlagen und verletzen, was aber nicht gelang, da die Grenzwachen des neuen Fürstentums ihm zu Hilfe eilten.

24. Die Verbannung der Druiden

Eine der ersten Maßnahmen, die die neuen Herren des Fürstentums durchführten, war die Entmachtung der Druiden und die Ankündigung von einer neuen Religion. Die Entmachtung der Druiden war jedoch nicht so einfach wie Raoul, Lucretia und der Teufel es sich ausgedacht hatten. Denn die Druiden besaßen die Macht des Feuers und verschiedene Zauberstücke, die die Menschen stets in Ekstase versetzten. Zudem besaßen sie tiefe Kenntnisse der Medizin um das Leid der Menschen zu lindern. Und vor allem waren sie sehr beliebt und genossen ein sehr hohes Ansehen bei allen Schichten des Fürstentums. Kein einziger Untertan des Fürstentums wagte es ihnen Leid anzutun. Daher mussten sich der Teufel sowie Lucretia und Raoul eine List ausdenken, wie man die Druiden dazu brachte in die Verbannung zu gehen.

An einem heiligen Tag ging plötzlich in den heiligen Stätten der Druiden ein Feuer an, das sich nicht durch Wasser löschen ließ. Gleichzeitig wurde im gesamten Fürstentum verkündet, dass die Natur und die Götter sich gegen die Druiden gestellt hätten, da sie nicht die Gebote der Götter befolgten. Zudem würden sie Kinder und junge Frauen missbrauchen und Orgien veranstalten, in denen Saufen und Missbrauch von Frauen an der Tagesordnung wären. Zudem wären sie die ursprünglichen Anstifter zum Sturz des beliebten alten Fürsten gewesen.

Die Kampagne erfüllte ihren Zweck und so wurden die Druiden mit Fluch und Schande aus dem Fürstentum verjagt. Ihr Heiligtum wurde bis auf die Grundmauern verbrannt, die Statuten der Götter wurden zerbrochen und in den Teich geworfen. Und so mussten sich die Druiden begleitet vom Hohn des Mobs auf den Weg zu dem neuen Fürstentum machen, wo sie mit Freude empfangen worden sind und wo sie sofort ihren alten Status wiedererhielten.

25. Der Verkauf der Seelen

Einige Tage nach der Machtübernahme kündigten die Marktschreier öffentlich an, dass im gesamten Fürstentum ein neues Zeitalter mit neuen Entscheidungen des neuen Fürstenhauses beginnen würde. Es wurde auch gleichzeitig angekündigt, dass eine neue Religion im Fürstentum gelten würde. Als Treuebekenntnis wurde von allen Untertanen ein Schwur auf den neuen Fürsten und die neue Fürstin verlangt. Zudem sollte jede Familie eine oder mehrere Seelen an die neue Oberpriesterin verkaufen. Dafür würden die Familien erhebliche Vergünstigungen erhalten.

Die Ankündigung vom Verkauf der Seelen verbreitete sich wie ein Lauffeuer durch das gesamte Fürstentum. Sodass jeder selbst im kleinsten Dorf des Fürstentums sehr schnell darüber in Kenntnis war, dass er zur Erlangung von Begünstigungen ein oder mehrere Seelen aus der Familie zu verkaufen müsste. Der Verkauf der Seele sollte durch eine rituelle Feier erfolgen.

Um das Ritual des Verkaufs der Seelen zu institutionalisieren, wurde an der Stelle, wo früher der Tempel der Druiden stand, ein größerer neuer Tempel aufgebaut mit einer übergroßen Statue, die die Züge des gefallenen Engels trug. An dieser Statue stand eine Schale aus Marmor für das Ritual, in die die Betroffenen einige Tropfen Blut geben sollten.

Als oberste Wächterin der neuen Religion wurde Lucretia ernannt, die gleichzeitig auch die Oberpriesterin war. Damit sie ihre Funktion als Oberpriesterin wahrnehmen konnte, wurden ihr 35 junge Mädchen zur Seite gestellt, die sie stets in weiß gekleidet begleiten würden. Sie waren die Priesterinnen der neuen Religion. Ihre Haare waren schwarz gefärbt und sie gingen stets barfuß. An einem bestimmten Tag jeder Woche, den die Religionswächterin bestimmte, fand die Zusammenkunft der Jünger der neuen Religion statt. Und natürlich wurde die Insel in der Mitte des Teichs des Teufels als der Ort bestimmt, an dem man Tieropfer bringen sollte und immer seine Verbundenheit mit dem gefallenen Engel zum Ausdruck bringen musste.

Prinzipien der neuen Religion waren die unabdingbare Loyalität zu Lucretia und die unabdingbare Loyalität zu den Vertretern des gefallenen Engels, weiterhin die Art zu leben und dass man sich gegenüber den Nicht-Anhängern der neuen Religion alles erlauben konnte.

Eine weitere Vorgabe war, dass jeder jeden bespitzeln sollte und dies an einen Geheimrat bei Lucretia zu berichten hatte. Zum weiteren waren die Geldverleiher sehr hoch angesehen, denn Geld war ein Teil des Glaubens. Lug und Betrug wurden nicht mehr geahndet, sondern vor allem gefördert durch Minderheiten und die Anhänger der neuen Religion.

Kritische Denker und Mahner wurden entweder aus dem Fürstentum verbannt oder totgeschwiegen und sie mussten wie Einsiedler leben.

Es wurde eine neue Geschichte von Reichen und Aufsteigern gefördert, die unabdingbar loyal zu Lucretia waren. Da gar kein Richter mehr da war, wurden neue Richter von Lucretias Gnaden ernannt. Fremde Ärzte wurden angeworben, denen horrende Summen an Geld und Gold versprochen wurde. Ein gewisser Wirtschaftsaufschwung nahm seinen Lauf, der wie auch immer geartet und auf unerklärliche Weise zustande kam.

26. Die Ernennung der Vertreter des Teufels

Kurz nach der Machtübernahme durch Raoul und Lucretia und nach der Verkündigung der neuen Religion wurden alle Schaltstellen des Fürstentums, d. h. die Richter, die Führung der Soldaten, die leitenden Ärzte, die leitenden Handwerker, leitenden Lehrer und Erzieher neu ernannt, so wie auch die neuen Priester des Kultes. Alle diese Menschen wurden durch den Teufel mitbestimmt bzw. wurden vom Teufel vorgeschlagen und standen bei ihm in einer tiefen Abhängigkeit. Es war so, als ob der Teufel das gesamte Fürstentum voll im Griff hatte.

Es gab aber einige wenige unbeugsame Untertanen, seien es Richter, seien es Soldaten, Ärzte, Handwerker, die sich nicht der neuen Religion angeschlossen hatten und die für den Teufel sowie für Raoul und Lucretia eine latente Gefahr darstellten. Deswegen wurden sie stets mit Schikanen übersät, sei es, dass man ihre Arbeiten sabotiert hat, sei es, dass bei manchen Bauern, die der neuen Führung widerstanden hatten, ihre Felder verseucht waren. Dieser kleine Teil von Aufrechten hatte erhebliche Nachteile.

27. Die Umverteilung der Macht

Die Macht wurde so umverteilt, dass ohne die Absegnung durch den Teufel keinerlei Entscheidung umgesetzt wurde. Da Lucretia die oberste Priesterin der neuen Religion und dem Teufel sehr nah stand, war sie de facto die oberste Herrin des gesamten Fürstentums. Raoul war nichts anderes als eine Figur ohne Macht, er konnte kaum Entscheidungen fällen und war abhängig von seiner Ehefrau. Daher wurden die Ehefrau und ihr Tross die wichtigsten Menschen in dem Fürstentum. Raoul konnte und durfte auf Jagd gehen, er konnte pro forma Bälle organisieren und pro forma Urteile fällen, die jedoch vorher von dem Richter und von Lucretia abgesegnet wurden.

Er durfte bei den Soldaten eine gewisse Überwachungs-aufgabe übernehmen. Er durfte jedoch nicht über die Finanzen entscheiden, geschweige die Finanzen verteilen. Er selber erhielt jährlich einen gewissen Betrag, damit er sein Leben aufwendig bestreiten konnte. Diese jährlichen Aufwendungen wurde jedoch durch den Teufel und seine Oberpriesterin bestimmt. Dieser Betrag hing jedoch von Raouls Einsatz für die neue Religion und seiner Loyalität zu seiner Frau und zum Teufel ab.

Je älter Raoul wurde, desto schweigsamer wurde er und zog sich immer mehr zurück, er gab nicht mehr den Ton an und beobachtete, wie seine Frau immer mächtiger wurde. Er ging

*sehr oft in den Wald und sehnte sich nach früheren Tagen,
in denen er voller Energie, voller Drang und voller Ideen war.
Er wagte sich auch nicht mehr an das Ufer am Teich des
Teufels. Er blieb lieber im tiefen Wald auf einem Stein neben
einer frischen Quelle und war stets tief versunken in düstere
Gedanken.*

28. Alles kostet etwas - oder das Verbot der Menschlichkeit

Mit der neuen Führung des Fürstentums und der Einführung des neuen Glaubens wurde auch ein neues Wirtschaftssystem eingeführt. Das Prinzip war eigentlich einfach: für jede Sache, die man haben wollte, musste man bezahlen. Dabei waren mit dem Begriff der Bezahlung nicht nur Gold, Dukaten und der Verkauf der Seele gemeint, sondern auch, dass man Schurkereien im Namen von Lucretia oder den Vertretern des Teufels beging.

Insoweit gab es nichts mehr umsonst, selbst die Menschlichkeit war nur zu haben, wenn man sie durch Gegenleistung verdient hatte. Die Familienbindungen wurden lockerer, denn jeder wurde egoistisch. Darunter haben zuerst die Kinder gelitten und sie wurden dazu erzogen, die höchsten Egoisten zu sein. Die Führung des Fürstentums gaukelte dem allgemeinen Volk vor, dass es sich frei für dieses Arbeitsleben entschieden hatte und dass dieses seinen Preis hätte. Rücksicht und Respekt wurden auf das Schärfste bestraft.

Es wurden im Fürstentum auch vornehme Wohngegenden geschaffen, in denen sowohl Luft, Wasser und Kanalisation besser waren als woanders. Dort wohnte die Oberschichte des Fürstentums.

Die bedeutendste Maßnahme war jedoch die Neugestaltung des Schlosses sowie der Bau der neuen Kultstätte am Teich des Teufels, zu denen nicht jedermann ohne Weiteres Zutritt hatte. Für die Fischer wurde lediglich ein Teil des Teichs öffentlich zugänglich gemacht. Der Rest des Teichs und die Insel waren für die Priester und die Oberschicht reserviert und dort sorgten Soldaten dafür, dass sie niemand unbefugt betreten konnte.

Demgegenüber war es in Fürstentum allgemein in den kleinen Dörfern und Städten stets dunkel, die Luft war nicht gut. Denn die Häuser waren in sehr engen Straßen und Gassen gebaut. Viele der Häuser hatten keine Sanitäranlagen, geschweige denn fließendes Trinkwasser, das man von einer Stelle im Ort holen musste.

29. Wasser und Trinkwasser teurer als Gold

Für die Bauern und Einwohner des Fürstentums legte Lucretia den Preis für Trinkwasser fest und wie viel Wasser man zur Bewässerung der Felder aus den Brunnen holen durfte Sie verlangte einen horrenden Preis, der sowohl in Gold, einem Teil der Ernte als auch oder alternativ dazu mit dem Verkauf der Seele gezahlt werden konnte.

Mit dem Verkauf der Seele würde den Preis des Wassers für ein Jahrzehnt abgegolten. Viele der Bauern und ärmeren Bevölkerung mussten, ob sie es wollten oder nicht, ihre Seelen verkaufen. Der Verkauf der Seele bedeutete, dass man so lange man lebte an die Vorgaben der neuen Religion gebunden war und sich beim Tod verpflichtet hatte, dem gefallenen Engel zu folgen.

Und so wurde allein der Verkauf des Wassers und des Trinkwassers, das teilweise sogar verunreinigt war, zu einer Goldgrube für Lucretia und eine Goldgrube für den Teufel. Dieser Erfolg machte das Bündnis zwischen Lucretia und dem Teufel stärker denn je.

Da Lucretia jedoch panische Angst vor den Aufstand der Bauern, Handwerker, der Fischer und aller Untertanen hatte, forderte sie vom Teufel, dass immer dafür Sorge getragen werden müsste, dass ein Überfluss an Nahrungsmitteln für jeden vorhanden war. Und der Überfluss sollte stets mit sehr günstigen Preisen verbunden sein, damit nach Meinung von

Lucretia jeder sich für diese neue Art des Fürstentums und der neuen Religion begeistern und die Ressentiments gegenüber dem Neuen verschwinden würden.

Da wurde der Teufel einsichtig und er sorgte mit allen möglichen Tricks und Zauber dafür, dass Nahrung im Überfluss vorhanden war.

30. Die Ernte im Überfluss

Schon im ersten Jahr nach der Machtübernahme und Einführung der neuen Religion waren die Ernten so ergiebig, dass keiner in Fürstentum hungern musste. Der Fang der Fischer war stets reichlich, sodass auch die Fischer vom Verkauf ihrer Fische sehr gut lebten. Bauern und Handwerker erlebten einen wirtschaftlichen Aufschwung, wie sie es noch nie erlebt hatten, die Schmiede hatten den ganzen Tag zu tun, um die neuen Waffen für die Soldaten zu schmieden oder die Pflüge zu reparieren. Die Handwerker mussten auch viele Häuser bauen und renovieren. Die Maler hatten sehr viel zu tun, um das Schloss oder den neuen Tempel auszumalen. Die Steinmetze hatten mit der Verschönerung des Schlosses und dem Umbau des Tempels sehr viel zu tun.

Auf ein Wort, es war stets dafür Sorge getragen, dass jeder zu einem erträglichen Preis wirtschaftlich auf seine Kosten kam. Wilhelm der Bauer, der sich für Raoul und Lucretia entschieden hatte, erhielt stets neues Land, um Gemüse und Obst anzubauen. Auch die Obsternte war sehr ergiebig, sodass der Bauer immer glücklich war.

31. Die totale Freiheit

Lucretia war so raffiniert, dass sie wusste, wenn der Mensch satt ist, braucht er Spiele und Unterhaltung. So begann sie das Verbot aufzuheben, wonach die Untertanen nach Sonnenuntergang zu Hause sein mussten. Sie eröffnete große Cafés und Tavernen, damit die Menschen Bier und Wein tranken und sich amüsierten. Sie erlaubte, dass gewisse Frauen ihre Körper gegen reichlich Entgelt verkaufen durften. Sie ermöglichte auch dass in der Oberschicht Kurtisanen an der Tagesordnung waren. Sie erlaubte, dass man über alle verschiedenen Themen reden durfte, ohne sich strafbar zu machen. Alle diese Freiheiten endeten an dem Punkt, wo ihre Macht und die Macht von Raoul infrage gestellt wurden. Insbesondere durfte kein einziger Untertan die Rechtmäßigkeit der neuen Religion infrage stellen. Dies wurde mit erheblichen Strafen belegt.

Das Tor zum Schloss war jedoch nach dem Machtübergang stets geschlossen und die Soldaten waren in Alarmbereitschaft. Dieser Zustand wurde auch an Feiertagen beibehalten. Da es keine Druiden mehr gab und nur ein paar wenige Philosophen und Schriftsteller, die in der Verbannung oder in der Isolation gelebt haben, wurden keine Schriften subversiver Art verbreitet. Es war die Zeit der Alternativlosigkeit, denn der größte Teil der Untertanen war davon überzeugt, dass es zu Lucretia und Raoul keine Alternative gab.

32. Die Goldvermehrung

Die Goldbestände des Fürstentums vermehrten sich auf eine unerklärliche Weise. Insbesondere die Schatullen von Raoul und Lucretia füllten sich mit einer Geschwindigkeit, die kaum jemand nachvollziehen konnte. Die neue Oberschicht und insbesondere die Priester der neuen Religion waren steinreich geworden, sodass sie sich Häuser gebaut hatten, die manchen Fürsten grün vor Neid hätten werden lassen. Die Goldschmiede arbeiteten rund um die Uhr, um die Wünsche der Damen der Oberschicht zu befriedigen.

Es gab einen Menschen, von dem viele glaubten, er wäre eine Ausnahmeerscheinung, weil er Gold schuf, allein wenn er Dinge berührte. Dieser Mann musste jedoch jeden Abend zum Teich des Teufels gehen und zu der Baracke des Teufels fahren. Dieser Mann war immer mürrisch, kein Mensch hat ihn jemals lachen gesehen und vor allem musste er wie ein Kind gefüttert werden, denn wenn er die Hand zu etwas Essbarem ausstreckte so verwandelten sich die Nahrungsmittel in Gold. Jemandem musste ihm auch etwas zu trinken geben, denn wenn er einen Krug mit Wein nahm, so verwandelte sich der Wein in flüssiges Gold. Er trug immer dieselbe graue Kutte und hatte graue Haare. Für viele und selbst für Lucretia war der Mann unheimlich.

33. Das ewige Leben

Manche der Untertanen, die ihre Seele verkauft hatten, forderten jedoch auch als Alternative zum Reichtum ewig zu leben, denn sie hatten fürchterliche Angst vor Tod und Begräbnis. Das ewige Leben wurde ihnen von einem Vertreter des Teufels auch versprochen, der ihnen aber auch sagte, dass sie im Alter gebrechlich würden und nicht mehr alle Tätigkeiten durchführen könnten. Diese Untertanen waren nun sehr stolz ewig zu leben und hatten die Gebrechlichkeit im Alter vergessen.

Und so wurden sie sehr sehr alt und sehr gebrechlich, sie konnten kaum noch gehen und robbten über den Boden, um etwas Wasser zu trinken. Manchen von denen waren so gebrechlich und hatten so starke Schmerzen, dass sie sich nach dem Tod sehnten. Diese alten Menschen hatte man jedoch im Fürstentum ausgesondert und in einem Dorf untergebracht, welches am Teich des Teufels lag. Das Tor dieses Dorfes wurde von Soldaten bewacht. Die Alten wurden jedoch stets versorgt, mit Brot, mit Milch, mit Trinkwasser, und manchen Medikamenten.

Von weit weg hörte man das Lamentieren und das Schreien derjenigen, die sich nach dem Tod sehnten. Sie konnte jedoch nicht sterben und verfluchten den Tag, an dem sie ihre eigene Seele verkauft hatten. Manche von ihnen sehnten sich nach den alten Druiden, die jedoch das Fürstentum nicht betreten durften. *Manche von ihnen versuchten sich zu erhängen, sie erhängten sich zwar in den Bäumen und lebten trotzdem immer noch. Manche von ihnen versuchten, sich die Pulsadern aufzuschneiden, das Blut floss aber nicht, sodass sie am Leben blieben. Manche von ihnen versuchten sich mit einem Schwert zu durchbohren, aber die Schwerter waren weich wie aus Stoff, sodass man sich damit nicht durchbohren konnte. Manche versuchten, sich mit Pilzen zu vergiften, das Gift hatte aber seine Wirkung verloren.*

Und so waren sie verflucht stets und immer zu leben und jeden Morgen immer gebrechlicher zu werden und immer mehr Schmerzen in allen ihren Gliedern zu fühlen.

34. Das Drama des ewigen Schwurs

Manche der Untertanen hatten auch den ewigen Schwur auf die neue Religion geleistet und merkten zu spät, dass sie damit den ewigen Schwur auf den gefallenen Engel geleistet hatten. Sie merkten aber, dass die sogenannte Oberpriesterin Lucretia nicht die Weisheit der alten Druiden besaß und sehr oft die Menschen falsch beraten hatte. Und vor allem waren sie durch diesen Schwur auf immer zu einem fürchterlichen Gehorsam gegenüber Lucretia und damit dem gefallenen Engel gezwungen.

In manchen Familien wurde der Verkauf der Seele so kritisch angesehen, dass sich manche wichtigen Familienmitglieder aus Verzweiflung das Leben nahmen. Frauen trennten sich von ihren Ehemännern, was bis dahin gar nicht üblich war, und das schon aus geringem Anlass. Manche älteren Männer verstießen ihre Frauen, mit denen sie mehrere Kinder hatten und holten sich Kurtisanen ins Haus, die letztendlich ihre Familie zerstört haben. Manche der Untertanen, die sich nicht mehr gebunden an den ewigen Schwur gebunden fühlten, bekamen plötzlich am ganzen Körper unheilbare Wunden, aus denen Blut floss, die juckten und schmerzten und die durch keine einzige Salbe oder Kräuter zu behandeln waren.

Ein anderer Teil der Untertanen, die aus dem Fürstentum fliehen wollten, konnten lediglich bis zur Grenze des

Fürstentums gelangen und als ob eine unsichtbare Macht sie festhielt, konnten sie keinen einzigen Fuß außerhalb des Fürstentums machen, so dass sie sich gefangen fühlten.

Manche, die diese Ausweglosigkeit sahen, brachten sich um und verbrannten ihr Hab und Gut. Von manchen, die gestorben waren und die keine Erben hatten, wurde ihr Hab und Gut zum Dank an die Oberpriesterin Lucretia gegeben. Und so wurden mit der Zeit zunehmend mehr Dramen sichtbar, die ihren Ursprung in dem Schwur der ewigen Treue hatten.

Als die Situation sich ständig verschlechterte, gingen ein paar der Untertanen zu einem der ausgestoßenen Weisen, der unbeugsam geblieben war und der immer noch an der alten Religion festhielt und an der alten Moral. Er war mehr oder weniger dazu verdonnert worden, seine Hütte bis auf einige Schritte nicht zu verlassen. Er gehörte zu den wenigen, die stets vor Raoul und Lucretia gewarnt hatten und vor allem vor der neuen Religion und der stets Auseinandersetzungen mit dem Teufel gehabt hatte. Der Teufel konnte ihn jedoch nicht verzaubern, weil er selbst ein Zauberer war.

Er saß auf einem Stein und schien etwas zu schreiben. Als der alte Mann die kleine Meute auf sich zukommen sah, dachte er zuerst, sie wollten ihm etwas antun. Ein paar Meter vor seiner Hütte hielten sie jedoch an und schickten den Anführer der Truppe zu ihm. Sie unterhielten sich sehr *lange. Der alte Mann sprach zwar immer mit einer leisen Stimme, aber mit einem bestimmenden Ton.*

Auf die Frage, ob das Fürstentum sich von dieser Plage befreien könnte, antwortete der alte Mann, das wäre ganz einfach indem ein großer Teil der Bevölkerung nicht mehr an die Botschaften der Priesterin und des Teufels glaubten und schlicht und einfach zurückkehrten zu ihren alten Gewohnheiten und Sitten. Und sie sollten aufhören, ihre Seelen für etwas Künstliches zu verkaufen, denn keine Seele kann verkauft werden und nicht einmal an einen gefallenen Engel. In dem Masse wie sie zu ihrem alten Glauben zurückkehrten, würde die Macht des neuen Glaubens abnehmen.

Dies wurde von einem großen Teil der Anwesenden verstanden und sie verabredeten, durch eine Art von Passivität und Ungehorsam die Macht von Lucretia und von Raoul zum Fall zu bringen.

35. Die Verewigung einer unglücklichen Liebe

Während dieser gesamten Zeit hatte sich das Fürstentum gegenüber seinem Umfeld und anderen Fürstentümern abgeschirmt. An jeder Grenze standen Soldaten, die niemanden hinaus und niemandem hereinließen. Dies hatte Lucretia nach der Machtübernahme aus Angst vor Umstürzen verfügt. Es gab jedoch Plätze, die gar nicht bewacht wurden, denn die Soldaten hatten Angst von der Strömung der Flüsse, die einen Teil des Fürstentums umgaben, oder vor manchen Bergen, die im Norden des Fürstentums lagen und vor einem Teil des Waldes, der jeden normalen Menschen in Angst und Schrecken versetzte.

An einem Berg gab es zwei Bauernhöfe, die aneinandergrenzten und wo keine Soldaten postiert waren. Auf den beiden Bauernhöfen lebten Bauern, die sich seit Jahren kannten. Bei der Machtübernahme durch Raoul und Lucretia war einer der beiden Bauern glühender Anhänger der neuen Religion geworden und hatte seine Seele verkauft, er wohnte im Fürstentum.

Auf der anderen Seite war ein Bauer, der glühender Anhänger des alten Fürsten war und die neue Religion und Lucretia und Raoul ablehnte, ja hasste. Er wohnte mitsamt seinem Bauernhof gegenüber der Grenze und fühlte sich nicht an die neue Herrschaft gebunden. Er war einer der Gerechten und stets loyal zum alten Regime geblieben. Er hatte einen heranwachsenden Sohn, der groß und stark und ein sehr guter Reiter war und loyal zum alten Fürsten. Er hatte gerade seine Ausbildung bei den Soldaten des neuen Fürsten gemacht und musste für eine Zeit nach Hause gehen, da sein Vater kränklicher geworden war und nicht mehr in der Lage war, den Hof zu bewirtschaften.

Der Bauer auf der anderen Seite der Grenze im alten Fürstentum des Raoul und Lucretia hatte eine bildhübsche Tochter, die gerade zu einer jungen Frau geworden war und die einen Teil des Bauernhofs mit bewirtschaftete. Sie war sehr hübsch mit blonden Haaren, sehr fröhlich, sehr keck, aber gleichzeitig war sie auch weise und hatte einen hohen Anspruch an Moral und Verhalten. Sie war stets in Konfrontation zu ihrem Vater, denn sie konnte ihm seinen Verrat an dem alten Fürsten nicht verzeihen, den sie sehr verehrte.

Zwischen den beiden Bauernhöfen verlief ein kleines Bächlein, das aus einer Trinkwasserquelle entsprang. Die Tochter des Bauern hieß Isolde und sie ging sehr oft dahin um sauberes Wasser zu schöpfen, damit ihre kranke Mutter sauberes Wasser trinken konnte, denn sie vertrug das Wasser aus dem Brunnen des Bauernhofs nicht. Sie trug einen Krug auf dem Kopf und lief ihres Wegs fröhlich vor sich hinsingend. Eines Tages kam auch der Sohn des anderen Bauern mit dem Namen Leonard an das Bächlein. Der Tag war sehr heiß geworden und die Sonne strahlte sehr stark.

Leonard legte Waffen und Rüstung ab, tat sein Schwert beiseite und wusch seinen nackten Oberkörper mit dem kühlenden Wasser des Bächleins. Er war müde und schlief am Ufer ein.

Gerade zu diesem Zeitpunkt kam Isolde und füllte ihren Krug mit Wasser. Ein Missgeschick von ihr und so wurde Leonard wach. Er glaubte einen Engel zu sehen und lächelte liebevoll zu Isolde hin. Isolde spürte einen Schlag im Herzen und sie konnte ihre Augen nicht von Leonard lassen. Er war sehr gut gebaut und hatte eine wunderschöne Stimme, die weich aber trotzdem sehr klar war. Und so begannen die beiden ein Gespräch. Keiner der beiden wusste, wer der andere war. Und so kam es zum ersten Kuss.

Zurück zu Hause konnten die beiden nicht das Bild des anderen vergessen und warteten sehr ungeduldig, wieder zum Bächlein gehen zu können. Am nächsten Tag versuchte Leonard die Arbeit am Hof sehr schnell zu erledigen und ritt dann zum Bächlein und zu der Quelle. So trafen sie sich monatelang dort und ihre Liebe zueinander festigte sich von Tag zu Tag, ohne jedoch zu wissen wer der andere ist.

Sie beschlossen zu heiraten und stellten sich gegenseitig ihre Familien vor und erfuhren, wer ihre Väter waren. Leonard ging zu seinem Vater und bat ihn um seinen Segen, denn er wollte Isolde heiraten. Der Vater schwieg eine Zeit lang und hatte vor Zorn einen roten Kopf bekommen. Er blieb jedoch ruhig und mit leiser Stimme fragte er seinen Sohn, ob er ihm dies wirklich antun würde. Das wäre die schlimmste Sache, die ihm passieren könnte, sich mit dem anderen Bauern familiär zu verbinden. Leonard, der das nicht verstand, bat seinen Vater ihm den Grund zu erklären, warum er so gegen diese Ehe war.

Der Vater erzählte ihm die gesamte Geschichte und sagte, dass dieses eine unmögliche Liebe wäre, erst recht, weil der andere Bauer zu einer anderen Religion gehörte, was eine Ehe unmöglich machen würde. Leonard, der seinen Vater abgöttisch liebte, sagte kein weiteres Wort und ritt wieder zum Bächlein und der Quelle. Er blieb dort tagelang und versuchte eine Lösung zu finden.

Irgendwann kam auch Isolde, mit ganz roten Augen voller Tränen. Leonard fragte sie in dem Grund ihrer Traurigkeit. Sie schwieg eine Zeitlang, hob dann ihren Kopf und schaute ihn an und sagte, dass diese Liebe eine unmögliche Liebe wäre und dass ihr Vater ihrer Verbindung nie zustimmen würde. Leonard nahm seinen ganzen Mut zusammen und versprach ihr, dass er bei ihrem Vater vorstellig werden und um ihre Hand anhalten würde. Nach paar Wochen ritt Leonard zum Bauern, der gerade die Zäune an den Weiden für seine Tiere befestigte. Er stellte sich vor und bat den Bauern um die Hand von Isolde.

Der Bauer schaute ihn an, grinste und fragte ihn, ob er die Erlaubnis seines Vaters hätte. Daraufhin sagte Leonard, dass er volljährig wäre und dass er in der Lage wäre selbst zu entscheiden. Der Bauer versprach ihm die Hand von Isolde unter der Voraussetzung, dass er der neuen Religion beitreten würde und dass er die schriftliche Erlaubnis seines Vaters bringen würde.

Damit wollte der Bauer dem anderen Bauern ein Tiefschlag versetzen. Leonard ging wieder zu seinem Vater zurück und fragte ihn nach der Religion des anderen Bauern. Der Vater war wütend und erzählte ihm, dass der Vater seiner Angebeteten dem gefallenen Engel folgen würde, was er selbst nie machen würde. Und schon allein deswegen würde eine Verbindung nicht infrage kommen.

Leonard und Isolde gingen wieder zu ihrem Treffpunkt bei der Quelle und blieben ein paar Tage verschwunden. Während der ganzen Zeit versuchten sie eine Lösung für ihr Problem zu finden. Leonard hatte die Idee, dass er Isoldes Vater zu einem Zweikampf fordern wollte und sollte er gewinnen, so müsste der Bauer ihm die Hand seiner Tochter gewähren. Isolde war dagegen und entschied nicht weiter zu leben. Sie organisierte ein kleines Essen am Bach mit sehr viel Fleisch, Brot und Wein und sie trug ein kleines Flächen voller Gift mit sich. Sie aßen und tranken, sie küssten sich und nahmen sich in die Arme. Und in einem Moment, in dem Leonard unaufmerksam war, trank sie das Gift. Er sah wie sie langsam starb und stieß sich mit seinem Schwert ins Herz und so starben die beiden Liebenden an dieser Quelle.

Die Eltern waren beunruhigt und so ließ der Vater von Leonard einen Trupp aufstellen und seinen Sohn suchen. Das gleiche tat der Vater von Isolde. Sie fanden die beiden Körper ineinander verschlungen und ohne Leben. Der Versuch die beiden Körper zu trennen scheiterte. Dann versuchte der Vater von Leonard, das Symbol des alten Glaubens der Druiden als Andenken an diesem Grab anzubringen, was ihm nicht gelang. Der Vater von Isolde wollte ebenfalls die Zeichen des neuen Glaubens an dem Grab der beiden befestigen, was auch nicht gelang.

Da schritten die beiden Mütter ein und schlichteten den Kampf. Und so beschlossen die Familien die beiden an diesem Ort zu begraben. Nur ein paar Tage später schoss aus dem Grab der beiden eine wunderschöne duftende weiße Rose, die nie verwelkte.

36. Der Kampf eines Engels mit dem Teufel am Teich des Teufels

An einen Tag wurde plötzlich der Himmel dunkel und es fing an zu donnern und zu blitzen und ein sehr starker Wind wehte über das gesamte Fürstentum mit dem Zentrum am Teich des Teufels. Zu dieser Zeit befanden sich am Teich des Teufels in dem Bereich der für die Fischer reserviert war, verschiedene alte Fischer, die standhaft geblieben waren und die sich nicht der neuen Religion angeschlossen hatten. Sie konnten auch durch sehr harte Arbeit nur einen kargen Fischfang erhalten.

Einer von ihnen hieß Guido und er war einer der Gerechten. Er hatte jedoch eine große Familie und konnte sie nur schwerlich voll ernähren und musste deswegen Tag und Nacht Fische angeln. Was er nicht wusste war, dass er durch den Teufel verflucht war, sodass er trotz seiner Arbeit über Stunden und Stunden nur sehr wenig Fische angeln konnte. Als im Teich das Wasser fast schwarz geworden war und es sehr hohe Wellen gab, konnte er sein Boot nur mit Mühe und Not ans Ufer bringen. Er band es dann an einen großen Baum, aber die Windböen waren so gigantisch, dass er selbst neben einem großen Baum in der Deckung ging.

Plötzlich gab es ein sehr helles Licht im Himmel und ein Engel erschien, der nicht lächelte, sondern einen sehr grimmigen Ausdruck im Gesicht hat. Als der Engel erschien, trat *plötzlich der Teufel aus der Hütte heraus in seinen echten Gewändern. Er war furchterregend und spuckte Feuer, er trug eine Triade, die kleine Lanze mit drei Spitzen, und versuchte diese Triade gegen den Engel zu schleudern, was ihm aber nicht gelang. Der Engel im Gegenteil schien von einer unsichtbaren Mauer umgeben, die jegliche Angriffe des Teufels abwehrte. Der Engel versuchte den Teufel gegen den Boden zu drücken und so ging der Kampf eine Weile lang hin und her.*

Irgendwann gelang es dem Engel, den Teufel gegen den Boden zu drücken und er stampfte ihn ganz tief in den Boden hinein. In dem Moment kam eine Art von Feuer durch den Boden und verschlang den Teufel.

37. Neue Plagen im Fürstentum

Ein paar Tage vergingen und es war im Fürstentum nichts passiert. An einem sonnigen Tag, an dem sich die gesamte Natur des Sommers erfreute, bereiteten sich die Bauern darauf vor die Ernte einzubringen und ihre Schafe und Kühe aus den Bergen ins Tal zu treiben. Und an diesem sonnigen Tag, der himmelblau war, begann der Horizont sich langsam zu verdunkeln.

Die Untertanen verstanden nicht was auf sie zukam, und der Horizont wurde dunkler und dunkler und plötzlich aus heiterem Himmel waren über ihren Köpfen Millionen und Abermillionen von Heuschrecken, die sich auf die Bäume und auf die Ernte stürzten.

Die gierigen Tiere fraßen in sehr wenig Zeit einen großen Teil der Ernte und die Blätter der Bäume. Die Untertanen waren so schockiert, dass sie starr vor Angst stehen blieben. Und die Heuschrecken fielen selbst in die Brunnen, die viele der Häuser und Höfe hatten. Und als die Untertanen begannen, die Heuschrecken zu töten, merkten sie, dass je mehr der Tiere sie töteten desto schneller diese sich vermehrten.

Voller Angst liefen sie zum Schloss und baten Lucretia und Raoul um Hilfe. Lucretia und Raoul ließen nur einzelne herein zu sich und waren erstaunt, als sie von ihrem Turm sahen welchen Schaden die Heuschrecken in nur wenigen Stunden angerichtet hatten. Lucretia und ihre Gefolgschaft von Hohepriestern gingen zum Teich des Teufels und zu dem neuen Tempel und sahen, dass plötzlich auf der Mitte der Insel das Refugium des Teufels in Flammen stand. Sie veranlassten ein sehr schnell organisiertes Opfer und ein Ritual für den Teufel, jedoch der Teufel erschien nicht, was bisher noch nie vorgekommen war. Plötzlich wurde Lucretia von Angst ergriffen und empfand gleichzeitig eine Art von Befreiung.

Zu diesem Zeitpunkt glaubte sie wirklich im Ernst, dass sie sogar stärker als der Teufel wäre. Sie rief alle Bürger, die ihre Seelen an den Teufel verkauft hatten, zusammen und bot ihnen einen neuen Pakt an. Sie sollten den Verkauf ihrer Seele gegenüber dem Teufel rückgängig machen und dann ihre Seele ihr selbst überschreiben.

Am nächsten Tag begannen bei denjenigen, die ihre Seele an den Teufel verkauft hatten, aus heiterem Himmel am ganzen Körper sich Wunden zu öffnen, die nicht heilen wollten und die bluteten und teilweise eiterten und die schmerzten. Die Schmerzensschreie waren so laut, dass sie vom höchsten Turm des Fürstentums zu hören waren. Lucretia und die Priester des Teufels hatten jedoch etwas Zauberei gelernt und versuchten nach besten Möglichkeiten die Schmerzen zu lindern, was bei einigen auch gelang.

Ein paar Tage vergingen und jetzt zeigte sich nach dem Angriff der Heuschrecken eine zweite unerklärliche Krankheit bei einem großen Teil der Bevölkerung des

Fürstentums. Sie hatten nämlich alle aus einem Brunnen getrunken und plötzlich spuckten sie Blut und starben in sehr kurzer Zeit. Die Totengräber kamen nicht mehr nach um die Toten zu begraben. Da ging Lucretia mit ihren besten Zauberern in Klausur und sie zauberten einen Trank, der das Leiden der Menschen milderte, ohne dass jedoch die Sterblichkeit geringer wurde.

Weitere Tage vergingen und die kleinen Erstgeborenen der Familien fingen an zu sterben, ohne dass es einen erkennbaren Grund gab. Weder Ärzte noch Zauberer noch Lucretia wussten, warum die Erstgeborenen jeder Familie plötzlich starben oder tot umfielen. Die Schreie und der Jammer der Familien und der Mütter war so laut, dass sich die Bewohner im benachbarten Fürstentum Sorgen machten.

Die gesamte Ernte des Fürstentums war verdorben. Die Statuten aus Gold verwandelten sich in dunkle Steine, so dass gar kein Gold mehr im Fürstentum vorhanden war. Wasser verknappte sich so sehr, dass die Wasservorkommen durch Soldaten geschützt werden mussten.

Die Menschen hungerten, da ja nichts mehr zu essen da war. Manche aßen sogar ihre Schuhe, manche Bäcker buken Brot mit Sand, denn es gab kein Getreide mehr im Fürstentum. Die Möglichkeit aus dem Fürstentum auszubrechen ließen Lucretia, Raoul und die Soldaten nicht mehr zu, denn sie waren stark verletzt in ihrem Stolz aber gleichzeitig befreit vom Teufel - zumindest glaubten sie das.

Im ganzen Fürstentum und bei den Soldaten machte sich langsam Ungeduld breit und man begann Raoul und Lucretia für die Situation verantwortlich zu machen.

38. Der Aufstand

Ein paar Tage vergingen, in denen sich immer mehr soziale Unruhen im gesamten Fürstentum breitmachten. Dann begannen vor allem die ärmeren Landarbeiter und die Bauern, sich mit Steinen, Äxten, Holzstäben, Pfeilen und Bögen zu bewaffnen. Eine Gruppe machte sich auf den Weg zum Schloss. Vorne gingen die Frauen und schrien nach Brot und Wasser. Die Soldaten holten die Hängebrücke ein, die zum Tor des Schlosses führte, und nahmen Position auf den Türmen und zwischen den Türmen und fingen an, auf die Meute zu zielen und mit Pfeilen zu schießen. Dadurch starben ein paar Frauen, ein paar Kinder und ein paar ältere Menschen.

Daraufhin ging die Meute zu den Schmieden des Fürstentums. Auch diese waren äußerst unzufrieden, denn die Schulden von Raoul und Lucretia türmten sich immer weiter an und die Schmiede erhielten keinen Dukaten für ihre schwere Arbeit. Die Schmiede schlossen sich der Meute an und bauten in sehr kurzer Zeit Schwerter und Lanzen.

Sie hatten aber nicht bedacht, dass auch die Gefängniswärter äußerst unzufrieden waren und die öffneten nun die Tore des Gefängnisses, so dass die gesamten Banditen des Fürstentums in Freiheit gelangten. Ein Teil der Banditen verbündete sich mit der Meute und bemächtigten sich sehr vieler Leitern und Waffen. Revoltierende Soldaten boten ihre

Hilfe an, was sehr gerne angenommen wurde. Die Aufständischen begannen eine Belagerung des Schlosses. Sie wurden durch Bauern und Fischer ernährt und die Holzfäller brachten sehr viel Holz um Feuer zu machen.

39. Der Niedergang des Fürstentums

In den nächsten Tagen hat kein Mensch mehr in Fürstentum gearbeitet, es gab überall Zusammenschlüsse von Menschen, die über die Entwicklung des Fürstentums sprachen und darüber, was zu machen wäre. Manchen der Älteren rieten, den alten Fürsten wiedereinzusetzen. Manchen der Jüngeren meinten, man müsste Raoul und Lucretia, die dafür verantwortlich waren, verurteilen und hinrichten. Weder Handwerk, noch Landwirtschaft, noch Mauer, noch Händler, arbeiteten und so sah man mit einer sehr hohen Geschwindigkeit wie das Fürstentum auseinanderbrach.

Manche der Banditen verbreiteten Unsicherheit. Soldaten und Justiz haben nicht mehr gearbeitet, da sie lange Zeit keinen Sold mehr erhalten hatten. Die Gelehrte an den Schulen hörten auf die Kinder zu unterrichten, Fischer gingen nicht mehr am Teich des Teufels fischen. Der neu errichtete Tempel wurde demoliert und die Statuten in den Teich des Teufels geschmissen. Ein Teil der Boote wurde in Brand gesetzt und um das Fürstenschloss wurden verschiedene Feuer gelegt, sodass es nur eine Frage der Zeit war, wann die eingeschlossenen sich ergeben würden.

Mäuse und Ratten liefen durch die Straßen und Gassen. Ärzte und Apotheken arbeiten nicht mehr, sodass keine Medikamente mehr hergestellt worden sind. Die Suche nach Heilpflanzen wurde eingestellt, so dass man im Fürstentum nichts mehr erhalten konnte. Allein die Bäcker haben noch etwas gearbeitet, damit die Bevölkerung etwas Brot und Wasser hatte.

Die Nachrichten des Niedergangs machte die Runde, so dass der alte Fürst davon erfuhr. Er war so zornig, dass er die Mobilmachung seiner Streitkräfte anordnete und er begab sich zu der Grenze seines früheren Fürstentums. Er ließ Raoul und Lucretia wissen, dass sie nur noch drei Tage hätten um sich von dem Fürstentum zu entfernen, ansonsten würde er einmarschieren. Er konnte ja nicht sofort einmarschieren, da er dem König versprochen hatte, das alte Fürstentum nicht anzugreifen. Und da er ein Ehrenmann war, hielt er sich an dieses Versprechen.

40. Das Ende von Raoul und Lucretia

Für Raoul und Lucretia wurde es immer enger und selbst die treuesten fingen an, sich abzusetzen und fragten, welche Fehler Raoul und Lucretia gemacht hatten. Manche der sogenannten Freunde warfen Lucretia und Raoul vor, dass sie die Zukunft des Fürstentums leichtsinnig aufs Spiel gesetzt hätten. Die Diener von Raoul und Lucretia hatten mitgehört, dass die beiden bei einem Abendessen durch die sogenannten Freunde getötet werden sollten. Diese Nachricht setzte die beiden in eine Panik.

Und so flüchteten sie in der Nacht durch einen geheimen Gang außerhalb des Schlosses, wo zwei Freunde mit zwei Pferden auf sie warteten. Lucretia schlug vor, dass man durch den Wald am Rande des Teichs des Teufels flüchten sollte, denn dort hatten die Untertanen Angst und sie würden nicht weiterverfolgt werden. Nach zwei Stunden kamen sie in die Wälder. Sie hatten jedoch die Rechnung ohne den Wirt gemacht.

Denn in den Wäldern warteten schon frühere Gefangene auf sie, die ihre Rachepläne schmiedeten. Sie wurden gefangen genommen und an einen Baum gebunden. An dem Baum wuchsen plötzlich aus der Rinde heraus Dornen, die langsam und sicher ihre Beine und Füße durchbohrten und aus den Wunden lief Blut, das nicht mehr aufhörte zu fließen. Sie schrien vor Schmerzen, aber keiner erhörte sie.

Sie versprachen ihren Peinigern ihr gesamtes Vermögen. Als sie Peiniger die Schatullen durchsuchten, war darin kein Gold mehr vorhanden, anstatt des Goldes fanden sie lediglich dunkle Steine. Ihre Peiniger ließen die beiden langsam eines qualvollen Todes sterben.

41. Die ewige Strafe

An dem Baum, an dem Lucretia und Raoul gestorben sind, hat man später ihre Knochen gefunden, die um den Baum herum gewunden waren. Manche Menschen sagten, dass an bestimmten Tagen aus dem Baum Blut und Eiter herausfließen würden. Manche andere sprachen davon, dass in bestimmten Nächten, insbesondere in Vollmondnächten, das Jammern und die Schmerzensschreie von Raoul und Lucretia aus dem Baum heraus zu hören wären.

Der Baum selber stand über Ewigkeiten und manch spätere Generationen sahen noch diesen Baum, der nicht größer aber auch nicht kleiner geworden war und der nie absterben sollte. Manche Weisen meinten, das Lucretia und Raoul eine ewige Strafe in diesem Baum eine ewige Strafe verbüßen müssten und dass sie nie befreit werden könnten, da ihre Untaten so schrecklich gewesen sind.

42. Die Rückkehr des alten Fürsten

Als der König von den Zuständen im Fürstentum erfuhr, schickte er einen Gesandten zum alten Fürsten mit der Bitte, die Macht im alten Fürstentum wieder an sich zu nehmen. Roland der Edelmann ließ sich die Bitte des Königs schriftlich bestätigen und zog mit seinen Soldaten zur Grenze seines früheren Fürstentums im Glauben, dass sehr viele Soldaten an der Grenze wären. Angekommen an der Grenze wurde weit und breit kein einziger Soldat mehr gesehen und die Grenze wurde nicht mehr gesichert.

Die Bauern, die in einer kleinen Gasse an der Grenze wohnten, erkannten sehr schnell ihren alten Fürsten und jubelte ihm zu. Sie luden ihn ein, ihr karges Essen mit ihnen zu teilen. Sie berichteten ihm die gesamte Entwicklung in Fürstentum. Diese stimmte mit den Berichten überein, die die Spione des alten Fürsten an ihn weitergegeben hatten.

Der Fürst war jedoch in einer Zwickmühle, denn ein großer Teil der Bevölkerung hatte ja der alten Religion abschwören und sich zu der neuen Religion des Teufels bekennen müssen. Nun ließ der alte Fürst alle Druiden wieder ins Land kommen und jeder Einzelne wurde dazu verpflichtet, dem falschen Glauben abzuschwören und zu der alten Religion zurückzukehren. Das alte Rechtssystem wurde wieder in Kraft gesetzt und die von Lucretia und Raoul eingesetzten Richter wurden abgesetzt und ins Gefängnis gesteckt. Die

Neureichen wurden enteignet und ihr Eigentum wurde den alten Besitzern zurückgegeben. Die Handwerker und Meister erhielten ihre frühere Stelle zurück. Die alte Elite der Soldaten wurde wieder in ihren Stand versetzt und mit einem höheren Sold belohnt.

Lehrer, Schriftsteller, Denker und Weise wurden an ihren alten Wirkungskreis zurückgebracht. Die Bauern erhielten wieder ihren alten Besitz und Wilhelm der Bauer, der unter Raoul und Lucretia durch Enteignungen sehr reich geworden war, wurde vollständig enteignet und ins Gefängnis gesteckt.

Und so begann das Leben sich schrittweise zu normalisieren. Selbst die Fischer brachten wieder ihre Netze im Teich des Teufels aus und fingen wieder Fische. Der Gesundheitszustand der Bevölkerung verbesserte sich allmählich und die Hungersnot nahm langsam und sicher ab.

43. Aus zwei Fürstentümern wird ein großes Fürstentum - neue Hoffnung

Und so hatte plötzlich der Fürst zwei Fürstentümer, die zwar aneinandergrenzten, die sich aber von der Bevölkerung her erheblich unterschieden. Der alte Fürst holte sich verschiedene weise Männer, die ihm rieten, aus zwei Fürstentümern ein einziges Fürstentum zu machen. Weiter sollte er versuchen, die Verschmelzung der Bevölkerung durch Hochzeiten zu beschleunigen.

Ein Teil der Elite des alten Fürstentums nahm Positionen im neuen Fürstentum ein und umgekehrt. Der alte Fürst ernannte zwei Runden von Rittern, die die jeweiligen Fürstentümer leiten sollten. Sie waren ihm verantwortlich für die Entwicklung der Fürstentümer.

Zudem berief er einen Rat der Weisen ein, der zur Hälfte von Druiden und zur Hälfte von Gelehrten gebildet wurde. Sie haben über die zukünftige Entwicklung des Fürstentums beraten und waren für die Umsetzung und Kontrolle zuständig. Sie waren nur dem Fürsten gegenüber verantwortlich.

Es wurde auch festgelegt, dass die alte Religion der Druiden wieder in ihrer alten Pracht eingesetzt würde und dass am Teich des Teufels ein neuer Tempel für die Ritter und für die Druiden gebaut wurde.

Anstelle der alten Baracke des Teufels sollte auf der Insel eine Schule für die Ausbildung der Druiden gebaut werden, was auch geschehen ist.

Und so wuchs die Hoffnung im ganzen Fürstentum, dass die Entwicklung in der Zukunft positiv sein würde.

44. Vom Teich des Teufels zum Teich der Hoffnung

Aus dem Teich des Teufels wurde langsam der Teich der Hoffnung, denn an den Ufern des Teichs wurden Spielplätze für Kinder eingerichtet, die mit ihrem fröhlichen Geschrei dem Teich ein lebendiges Gesicht gaben. An manchen Teilen des Ufers wurden Liebespaare gesichtet. An manchen Tagen wurden singende Fischer gesehen, die ihre Netze ausbrachten. An einem Uferstein haben Frauen singend ihre Wäsche gewaschen. Selbst Sänger waren am Teich um zu proben.

Und so wurde aus dem Teich des Teufels ein Reich der Sagen, die von Vätern und Müttern an ihre Söhne und Töchter weitergegeben worden sind. Und heute noch erzählt man von diesem Geschehen und dem Leid von so vielen tapferen Untertanen des Fürstentums.

45. Epilog

Die Moral dieser Geschichte ist, dass Gier, Selbstüberschätzung, Mangel an Respekt, Korruption zwar kurzfristig die Menschen, die sich so verhalten und handeln, belohnen mögen, dass sie aber auf Dauer sich selbst zerstören.

Machtstreben, Geld und Gold waren von Menschengedenken an die falschen Ratgeber, denn sie endeten sehr oft in einer Katastrophe für die Betroffenen und das gesamte unschuldige Umfeld.

Diese Geschichte zeigt aber auch, dass Geradlinigkeit und Anstand sich auf Dauer immer durchsetzen werden.

Zeitfracht Medien GmbH
Ferdinand-Jühlke-Straße 7
99095 Erfurt, Deutschland
produktsicherheit@kolibri360.de